你是我唯一的崇礼

曾丹 ❄ 著

天地出版社 | TIANDI PRESS

在崇礼，

春天盛开的花，夏天茁壮的草，秋天凋谢的叶，

都变成了冬天漫山飞舞的雪。

它们，只是换了一种方式继续在盛开。

目录

Contents

01

/

还是要说
去到崇礼的
第一次啊

那一瞬间，

被这些新鲜物事

包围其中的我，

有了一种

真实而强烈的预感，

接下来迎接我的，

一定会是一个

完全不同的新世界。

You are my only Chongli

如果不是成都那位朋友拼命建议，并一口答应愿意专门从成都飞来北京陪我一起去崇礼，我找不到我自己去的理由和契机。

在此之前，我不知道崇礼，就像我曾经不知道我写过的另外两个小城。

它们都举世闻名，但好像都跟我没什么大的关系。

"你不知道崇礼吗？它是 2022 年我们国家第一次举办冬季奥运会的地方。它就在离北京不远的河北张家口。"朋友说，"就算你不会滑雪，你也应该去看看。"

顿了顿，他又说道："你的理想不就是要把你去过的中国小城的故事写出来吗？崇礼是值得写的。"

那是 2018 年的年底，朋友回成都，我送朋友去机场的路上，他在车上一路给我"安利"北京冬奥和崇礼的事。把我说得心动了。

心动的最大一个理由其实还不是冬奥，而是崇礼在河北。回家后我又"百度"了一下，查了崇礼的地理位置和基本情况。这是一个靠近著名的景点"草原天路"的山地小城；靠近从北京上京藏高速，一路往西北方向，也是去往乌鲁木齐的那条路。

我首先联想起的就是来北京十年，每次从城中心驱车来到郊外，在我的眼里，北京四个方向的郊区，虽然都是北方山水，却还是有着不一样的风景与韵味。西北边的北京外环，那些远望入目更苍茫的山和天，总是会莫名让我生出"金戈铁马，气吞万里"的一份豪情来。

那么，如果沿八达岭风光再往北行进三百公里，我又能看到一个怎样的北方小城和山水形态呢？

还有一个更重要的原因。来北京后，自然而然地，我结识了很多我非常珍惜的河北籍朋友。他们大多朴实、善良、传统而谦逊。我们在北京认识、交往，并成为人生的知己。他们中的有些人，支持并温暖了在"北漂"岁月里最初孤寂和茫然的我。我去过他们的城市，但是如果能有机会走进并了解更多属于他们那方水土的河北的城镇和山水，我想，或许我能更加懂得他们身上那些美好品质的由来。

当然，还有一个很重要的原因，容我放在全书的最后再作解释。

心动的目的很复杂，出行的理由却只有一个。

我跟朋友约好了，过完春节，他来北京，我去机场接他，我们一起去崇礼。

朋友道："那里的冬天最低温度可以到零下四十几摄氏度，我经历过的。什么是呵气成冰、眉睫结霜，我也体验过的。所以，对于你这样的南方人来说，你所知的北京冬天的冷那都不叫冷，你以为的北京的大雪那也不够大。"

零下四十几摄氏度？这个通常只会出

现在东北极寒之地的天气预报的数字，真的惊着我了！

朋友是去过崇礼的。他的一位大哥朋友就在那里，是云顶雪场的肖总。

但肖总平时全国到处飞，一直在出差。约到肖总已是 2019 年 4 月底的一天。北京的春天已经来了，肖总给出的信息也是说崇礼那边的雪都停了，除了雪道，山上路面的雪也都化了。

成都的朋友定好了来北京的航班。按照我们之前的约定，他落地，我在机场接上他，从机场上北京外环，直接奔京藏高速，过八达岭长城，出京赴冀。

这是当时去崇礼的唯一高速。

而我们的目的地是崇礼一个叫太子城村的地方。云顶雪场和云顶酒店就在那里。当然，成都朋友也告诉我："崇礼几乎所有的大型雪场都在那里，冬奥比赛场馆也在那里。"

他接着说："肖大哥说还约了位崇礼的朋友，是一位崇礼的建设者。他比肖大哥更清楚熟悉崇礼的情况，让他来给你介绍崇礼，会更细致。"

一切都很完美。可是，成都的朋友却在约定来北京的前一个晚上打来紧急电话，说他的公司第二天有特别重要的事要处理，北京的崇礼之行就来不了了。朋友一再在电话里道歉。我愣了："那我还去吗？"朋友道："去啊！那边都约好了，肖大哥也是专门安排回崇礼的，你一定要去的。

你不是说你还没开过出了北京的京藏高速吗？你自己开，你行的！"

这真是一件让人骑虎难下又略微尴尬的事。

但我并没有迟疑，立刻就答应了会如期赴约。我会一个人开车去崇礼，到那个陌生的太子城村去探寻让我心动的理由。

我们的生活中，意外总是比计划先到，但结果往往出人意料。

多年以来，岁月流逝，年华渐长，而我对未知的事物和前景始终还保有一份最简单的热爱与真诚，也始终愿意以一颗赤子之心去奔赴，这，也是一份未被时光改变的幸运吧。

所以，第一次去崇礼，还是我一个人。

时至今日，我还是深刻地记得去到崇礼太子城村的第一印象。

那时候，专门为冬奥打造的京礼高速还没有修通，当然更不要说京礼高铁了。所以，开车去往冬奥比赛场地太子城村，也就是和肖总约好的云顶酒店的所在地，是要从崇礼城区经过的。下了崇礼高速，横穿过一条正在全路段施工修路的县城主干道，开到城区的另一头，在一座高架下三岔路口，导航开始把我导向左侧更崎岖难行的另一条正在修建的路上。

说它是路，都有些美化了，真的只能算是正在热火朝天挖掘、高低起伏的工程道。我尽量小心翼翼地开着车，还是能听

到我的城市越野车底盘频频被路面石头划过的轻响。真的很难开。这让我再次想起出了高速口经过的崇礼城区，这座在大山中静卧的小小的城区，除了路途中看到的城中央那个醒目的教堂尖顶，就是一个接一个掠过我眼帘的、路旁商铺上热情洋溢地租售滑雪器具和服装的广告招牌，还有城区道旁比比皆是的五彩斑斓的以奥运和滑雪为主题的各种塑像。

看得出来，这座山里的小城已经被冬奥的热情点燃。所有我看到的，扑面而来的讯息，都给了我关于这座小城和冬奥紧密相连的激情。

开过一段很难走的路后，车开始往两座山间的坡上行进。在离开城区三四十分钟后，我看见在一座山的斜坡上，有一座高大的建筑依山而建。建筑上面有一排大

字——"在世界行走，为云顶停留"。这就是我的目的地云顶大酒店了。开了四个多小时的京藏高速路，在层峦起伏的山岭中穿行到这样的大山深处，突然看到这样漂亮的一座酒店，虽然早有预料，但还是很惊喜地长吐了口气。

第一次到云顶，先映入我眼中的是空间非常大的滑雪大厅。那时候云顶大酒店的大厅还在翻修。滑雪季刚过，我去的那天也不是周末，所以大厅里人并不多，因而莫名有一种喧嚣过后静静的沉寂。那是一种人群曾蜂拥而来，又接踵而去后的喧嚣与沉寂。

对于我这样的滑雪菜鸟来说，第一次置身在这样一个四周满是各种雪具和雪服店铺的巨大空间，感觉很是新奇。那一瞬间，被这些新鲜物事包围其中的我，有了一种真实而强烈的预感，接下来迎接我的，一定会是一个完全不同的新世界。

那就从今天开始，开始属于我的崇礼故事和心路历程。

我的第一篇文字，依然还是致敬带我来到崇礼的前缘。致敬 2019 年 4 月 22 日那个冬去春来后的奇妙的开始。

重温 2015 年 7 月那个难忘的夏天

有些时刻是必须要一再回顾的。

让我们依惯例，先把时间拉回到对于北京和张家口崇礼来说，都非同凡响的那一天。

2015 年 7 月 31 日，马来西亚的吉隆坡。

马来西亚首都吉隆坡 KLCC 双峰塔的会展中心里，灯火通明，每一位身处会场的中国申奥代表团成员都屏息凝神，紧张地注视着主席台上国际奥委会主席巴赫，等待他宣布结果，揭开最后的谜底。

所有的陈述都已完成。是阿拉木图，还

这一场盛事，将由北京和张家口共同举办，京张同步，完成历史的梦想。而对于在这之前几乎不为世人所知的一个位于中国河北大山深处的小城崇礼，也因为成为2022年北京冬奥会张家口滑雪赛事的重要比赛场地，而被很多人知晓并关注。

崇礼在哪里？崇礼是个什么样的地方？为什么是由它来承办冬奥比赛中重要的滑雪赛事？七年后，它又将以什么样的面貌在世人面前呈现这场盛大的冰雪赛事？

让我们来还原一下当时现场各位代表的决心和承诺，就可以知道，一个并无多少知名度，完全没有任何举办赛事经历的中国小城崇礼，将承载着多么沉重的压力和巨大的希望。

国务院副总理刘延东用中英双语做出陈述。她铿锵有力地重申，中国政府全力支持北京申办2022年冬奥会和冬残奥会。

她在发言中说：体育是一项神圣的事业，拥有改变人生、改变世界的力量。中国如果举办2022年冬奥会和冬残奥会，将带动3亿中国人特别是青少年参与冰雪运动。

"We ask for your support！"刘延东用这句英文呼吁作为结束语。

作为中国残奥会主席，张海迪是陈述代表中最特别的一位。她一直在微笑，她的微笑一如我们所熟悉的那样淡定沉着，让我们想起在过去几十年间，这样坚强的笑容曾鼓舞过无数残疾人，激发起他们对生活的热爱。

是北京和张家口，答案将在这个瞬间揭晓。

随着巴赫从密封的红色大信封里抽出那张决定命运的卡片，"北京"两个字在寂静的会展中心清晰无比地响起。顿时欢声雷动，中国代表团几乎所有人都从座椅上一跃而起，就连第一排坐在轮椅上的张海迪女士都双臂用力支着轮椅扶手，身体微微前倾，似乎兴奋地想让自己站立起来。

出人意料，同时又是毫无疑问地，北京将成为世界上首个举办夏季奥运会和冬季奥运会的城市。

张海迪向在场的所有人讲了自己和命运抗争的经历，更讲述了自己对运动的向往。

她说："残奥运动员是我们身边真正的英雄。我的心与运动员在一起奔跑。"

而三届冬奥会冠军获得者，同时又是国际奥委会委员的中国运动员杨扬，是怀着6个月的身孕发言的。她先是拿出两张自己的老照片，照片上的她还只是一个初入冰场的小女孩，穿着黄色的羽绒服，和教练还有队友们站在一片冰天雪地中，笑得分外灿烂。

"我要尽可能地做回最初的自己，用大家熟悉的那个我来讲述中国的奥运梦想。"杨扬说。即将晋升为母亲的她，非常期待自己将出生的孩子在2022年的冬奥会上，能像当年的自己一样，享受冰雪运动带来的快乐。

每一位成员都代表中国向世界发出了郑重的邀请和承诺。

一诺千金。

纵使北京早已被世人所注目，纵使崇礼这个名字是第一次和北京、张家口一起被委以这样的使命与重任。

2015年7月31日，吉隆坡，北京时间12点整。七年后，世界注定会把目光投向北京和张家口，也注定再次定格在中国的崇礼。

七年后，崇礼终将来到它面向世界的时刻。

02

新朋友和
崇礼四季的
约定

那种未经半分修饰的

山川河流

最原始的苍茫和荒凉，

每一次进入，都可以

让我产生回归生命原点

与本真的冲动。

You are my only Chongli

我是在云顶的会所见到肖大哥的。

云顶会所在云顶大酒店旁边不远处的五道沟路旁。先迫不及待地插播一下，云顶的五道沟不是风景点，但它后来真的成了我心中云顶滑雪场最美的风景点之一。呵呵，不接受反驳。为什么呢？当然是有原因的。喜欢五道沟的原因我在后面会专门用一个"追星"的故事和一整篇文章来讲述。但当初的五道沟，还是工地，也都是难走的路。两旁的山上冬雪融化，春草未绿，山上成片的树林也是刚抖落掉层层叠叠厚重的雪，褪去枯败的枝叶，在等待新生。真的是没什么风景可言的。

但是当一个人花了几个小时时间，很真实地从城市最繁华的车水马龙中，来到这样四面皆沉静的大山间时，那种内心的冲撞和魔幻，也是很真实的。

我情难自已地觉得这样的风景很美。

或许，对我这样一个决意自己后半生都定居在北方的南方女子

来说，苍凉，本身就是一种无以言表的美。那种未经半分修饰的山川河流最原始的苍茫和荒凉，每一次进入，都可以让我产生回归生命原点与本真的冲动。

所以，当我和肖大哥，还有那位随后到来的崇礼的新朋友，坐在会所那可以一眼望尽草坪和对面山景的全景落地玻璃窗前，我又忍不住真心赞叹了一句："这里真的好美啊！"

肖大哥微笑不语。

虽然是第一次见面，但个子高高的肖大哥从见面的第一眼，就给了我自然而然的信任感。我想了想，真诚地说："在我眼里，北方的山，另有一种雄伟辽阔的深远，感觉它承载了我们想要回首和探寻的所有

过往和历史。它和南方山林的青翠茂盛真的是不一样。"

肖大哥笑道："曾丹老师很浪漫啊。"

我也笑道："那也是这样的地方才让我浪漫的。"

"很庆幸我没有错过这次行程，也很高兴我能在崇礼认识你们。"我开心地伸出手去，与我认识的两位崇礼的新朋友真诚相握。

我们围桌而坐，烹茶相对。

黄昏渐近，晚霞透过云层，透过屋子的玻璃，零零落落地折射在会所简约明亮的房间里。远处的森林，灰中带有冬雪遗留的白色，会所前方的高尔夫小练习场上的青草似乎在拔节生长。季节的交替在此

刻此地如此明确，蕴含着某种新生的力量。在温暖的余晖里，最初一点点初识的尴尬和拘束很快便一扫而光，我和两位朋友很快乐地交流起来。

看出我的热爱是发自内心的，那位崇礼的朋友喝了一口茶，轻言细语地告诉我："虽然崇礼是因为滑雪，是因为要举办冬奥会才被更多人知晓，但其实我作为一个在这里工作和生活了很多年的本地人，很负责任地告诉你，崇礼最美的季节不只冬天，它的夏季和秋天，才是很多人都不知道、都会错过的另一种美丽。

"在崇礼，夏天，整个山都是清新的绿色；秋天，漫山遍野的金黄与火红；到了冬天，那就是一望无际的白；只有此刻的春天，是崇礼万物更新和苏醒的时节，是它的四季风景中相比较而言最不好看的，这是它辞旧迎新的时节。

"曾老师你来的时间很不巧。"

说话的崇礼朋友微微笑道，黑色的眸子亮晶晶的。他和肖大哥一样，高高的个子，有着河北男子特有的标准国字脸和更宽厚的肩膀。

那张有着男人刚性轮廓的脸肤色微黑，反而衬得他的眼眸更加黑而亮，衬得他的每一句话，都像他黑亮的眸子里闪过的微光一样，让人心动。

来北京后的某一年，我和朋友去过一次石家庄正定，毫不夸张地说，直到站在庙宇里的赵云神像前，我才惊讶地知道，小时候读过的《三国志》里，那位俊朗潇洒、正直仗义的不败武神"常山赵子龙"，原来是河北人啊！原来我年少时和闺蜜们心中共同认定的古往今来第一帅哥是出生在河北！

好吧，从此后我就不可控制地代入"天下帅哥出河北"这么一个自动脑补的印象了。

我身边也的确有好几位几乎完美符合我想象中帅哥形象的河北朋友。他们的英俊中似乎不带一丝现代流行的审美时尚。不柔不秀不媚，男人的阳刚和挺拔，在他们的身上写满了真正的帅气，还有恰到好处的一份明亮，和让人信任的朴实感。

是的，好看帅气的男人有很多，但好看帅气里面兼糅着一份明亮朴实，就不多了。

在我的审美词典里，那才是属于男人真正的英俊。那份明亮朴实，由内而外的干净与坦荡，仿佛可以时刻发散到身旁之人，是我从小认定的三国帅哥赵子龙人设般独一无二的完美无缺。

就像我在城市里看不到北方大山的凝重，我在城市的脂粉剧里也很少见到这种气质风范的英俊和明亮。

此处为个人观点，接受反驳。

那刻，我全然相信了这位河北崇礼新朋友给我描绘的崇礼四季。

我的眼睛里流露出无限向往，正要说话，崇礼的朋友端起茶杯，揭开茶盖，轻

抿了一口，微笑道："如果真的喜欢这里，想要了解这里，就一定要来看崇礼的夏天和秋天，要来看遍崇礼的四季。"

"好！我一定来！"我几乎是脱口而出。

三人相视而笑。

山间会所，夕阳之下，一个约定悄然而至，埋在心间。

我一直记得第一次走进崇礼的那一天——2019 年 4 月 22 日。春意初显。

第二天，我刚回到北京，就看见肖大哥在朋友圈里发了一组极美的照片。昨夜，一场铺天盖地的春雪，又用银白色的素装，裹起了崇礼的漫山遍野。

我错过了那个春天最后的一场白色盛宴。

已经三年了

在开始写这本书前，我再一次去了崇礼。我看了下我的行车记录仪，如果不算后来坐高铁的次数，三年来，我来来回回崇礼的次数已经超过三十次。

这是到目前为止，我去过次数最多的一个地方了。

三年来，我有幸见证了今日新崇礼的形成和蝶变；见证了它的每一条道路从破乱的工程路变成现在的宽阔路面；见证了太子城村从一个贫穷落后的山村，变成一个能承接国际大赛冬季奥运会的大型综合型比赛兼生活服务场馆。

我体验了一次什么叫改天换地的勇气和力量。

我经历了很多崇礼的人，和崇礼的事。

我看见了崇礼四季的风景，也见证了那

些雪场熬过最深的低谷，还依然不懈的坚持和不灭的热忱。

我无数次聆听，很多人告诉我，滑雪运动带给他们的最奔放的释放和最坚强的成长。我也目睹过闭塞了很多年的崇礼原住民，在这场声势浩大的巨变来临时，从茫然惊诧到参与新时代建设的共同付出与奉献。

因此，那些我亲历过的，一定要成为我笔下的诗篇，用我的方式来记住。

所以，这一本行走图书，是写给奥运、写给崇礼，更是写给我自己的。

03

未能拍成的
林先生
九宫格画传

他那些真实的传说，

用我给很多朋友介绍的

故事核心点来说就是，

"一群人的运动热爱，

促成了一场体育集结"。

You are my only Chongli

见过林先生很多次。

见过几次后，在我决定要写这本书的时候，我就特别想让我的摄影师尝试给林先生拍一组有着暖暖色调的黑白九宫格照片。很奇怪，我印象中的林先生就是有着黑白色彩中的某种温暖和神秘。

约了几次，有一次几乎都要成了。我的摄影师正好从海口飞了过来，我们在云顶大酒店九楼林先生的私人会议室里见到他时，林先生刚开完几轮公司会议。他一如往常一样温和地向我们微笑，用不太流利的普通话向我们打招呼并致歉。但明显看得出来，他的神色略显疲惫。

林先生是知道我们来意的，他也兴致勃勃看过这两年多来我们镜头下的崇礼风光，但是他迟疑道："不用拍我吧。最近有点疲倦，

状态也不好，拍出来不会太好啊。"

我正欲开口。

林先生笑笑，语气愈发婉转温和："或者我们换个时间，或者我们给你的书留一点想象的空间。"

这句话把我说笑了。

林先生是知道我要写他的。事实是，写崇礼这本关于冬奥的书，林先生是绝对绕不过去的一位重要人物。他那些真实的传说，用我给很多朋友介绍的故事核心点来说就是，"一群人的运动热爱，促成了一场体育集结"。

于崇礼而言，林先生也是一个传奇，当然不可不写。

不过林先生幽默的建议也很有意思，也许留白，什么照片都不放，传奇人物的故事，才更有想象力。

这样一想，我和摄影师突然都有点茅塞顿开、如释重负了。

摄影师说："丹姐，我也觉得我不一定能拍好，不如你写，你用文字给林先生'画像'啊。"

摄影小哥快乐地向我眨了眨眼。

我当然也不能保证我的文字能写出林先生的传奇，但我愿意试着把我知道的林先生，和我见过他的每一次情形，真实地描述下来，尽量还原林先生和崇礼的奇妙缘分。

先说我知道的林先生。

他是印尼华侨富商、传奇人物林梧桐老先生的次子，同样是位很传奇的人物。但在我认知里的林先生，更多的却是一位滑雪运动的痴迷者。痴迷到什么程度呢？十几年前，回国投资发展的林先生来到北京后的第一件事，就是问北京有没有滑雪的地方。他指的当然是户外滑雪场。但那

个时候的北京，滑雪产业真的尚未兴起，周边仅有的几个滑雪场，不是小而简陋，就是雪道不专业，不是林先生这种滑雪痴迷爱好者想要寻找的滑雪场。

说来奇妙，东南亚出生的林先生，对滑雪运动有着如此不同寻常的痴爱。这是不是由于林先生在欧洲生活过很多年，抑或是在四季炎热如夏之地长大的人，总是对不可望也不可即的冰雪更加钟情？

这如同在冰天雪地生活久了的人，无限向往海岛的温暖一样。

十几年前北京的滑雪场当然不能满足林先生的需求。怎么办？那就自己找呗。

在北京朋友的精准指点下，林先生带着公司的几位高管一路向西，再向北，披荆斩棘，来到河北张家口崇礼的大山上。

十几年前，要到达此刻的云顶滑雪场的大山面前，所要走的路真是千难万险。用披荆斩棘来形容，一点不夸张。

肖总曾经说起那时的经历，说他们一众人跟着林先生来到贫穷落后人烟稀少又荒凉的太子城村时，真的是在比车还高的野草堆和杂乱无章的野树林中蹒跚前行地探出一条路来。车开不了了怎么办，那就下车拄着拐杖拨开"凛冽"袭来的树枝徒步走；人走散了怎么办，那就每个人都配上对讲机，解决偏远山洼处信号弱的问题。

就因为那个精准指点的朋友告诉他们："北京以北，一路向西，经过宣化，经过张

家口，到一个叫崇礼的地方，那里有一个村子，叫太子城村。那里的冬季漫天大雪，不但温度低到寒冷彻骨，还有着最适合滑雪的山道野坡。"

林先生想象了一下那个画面，便兴奋不已地带着一众高管跋涉而来。

滑雪比工作重要吗？当然。

不然为什么会有人把滑雪运动戏称为"白色鸦片"呢。

对滑雪深度上瘾的林先生，带着高管们，手持对讲机，千难万险，一往无前，披荆斩棘，终于找到了他脑海里能充满激情飞驰而下的完美雪山。

崇礼这里的大山形成的天然坡道，是每一个懂滑雪的雪友都知道的极好的天然雪道，更别说这里冬季零下二三十摄氏度的气温，也是凝雪造雪的必备条件。在崇礼，雪季的时间往往超过五个月。

林先生毫不犹豫地决定在这里开山辟道，要做一个自己的滑雪场。

开辟雪道的同时，为了更好地满足自己身边一众滑雪发烧友的需求，林先生又不惜巨资在太子城村杳无人烟的五道沟修建了云顶大酒店。

我的第一次崇礼之行，住的就是云顶大酒店。我当时印象很深，所以后面会专门用一篇小文写一下我对云顶大酒店的感受。此处先跳过。

云顶大酒店和云顶滑雪场的完成，自然开启了东南亚企业家林先生和崇礼这座大山里的小城的一世缘分。

林先生千寻百觅，在北京之外得此满意的雪场，自是要呼朋唤友，一起来共享这难得的地理条件优越，滑雪条件也如此优越的人生乐趣。林先生的雪友们来自世界各地。

林先生的雪友里有几位是超级滑雪发烧友，也是国际体育界的知名人士，日常最大的爱好之一，就是滑遍世界各地最好的雪场。他们来云顶滑过几次雪后，脚踏实地亲身验证了崇礼太子城这里的大山、沟壑、雪道、温度、阳光和风向，都是不输于世界一流滑雪场的。

那这么好的天然条件和自然雪道，怎样才能让更多热爱这项运动的人知道并参与其中？这样好的滑雪场，是不是应该有更好的一种方式让世界知晓？

让世界知道并看见中国的滑雪场。

让热爱滑雪的人们因为运动而更健康。

有的时候，一豆微小的火苗和一次悄

然的心动，就是点燃一个宏大梦想的起因。而一群人的运动痴爱，也有可能推动一次世界体育盛事的集结。

很多人都会奇怪，为什么是崇礼？为什么崇礼会成为2022冬季奥运会的滑雪主赛场？

真的很简单。当我了解完林先生和崇礼的缘分后，有些谜就自然有了一种鼓舞人心的解答。

北京冬奥将是一场国际盛事。中国第一次举办冬季奥运会，北京，也将是世界上首个举办夏季和冬季奥运会的城市。

一群人的运动热爱，一个国家的鼎盛发展，终究铸成2022，北京，冬奥。

每次我跟林先生笑谈起这件事，赞叹他和冬奥的渊源时，温和谦逊的林先生总是微笑着连连摇头。他每次都说："没有没有，是中国强大了，是崇礼这里的自然条件好。我只是一个非常非常热爱滑雪的雪友，只是尽了一点点力而已。"

林先生彬彬有礼补充道："当然，我最大的愿望是通过冬奥会，大家能知道滑雪是一项适合很多人来参与的户外运动项目。"

此刻，梦想照进了现实。

崇礼，因为冬奥，因为它得天独厚的地理环境和气候条件，被世界众多滑雪爱好者定义为"东方达沃斯"；同时，也被评为"中国十大冰雪城市"。滑雪产业毫

无意外地成了崇礼最强有力的发展基石。

写到这里，忽然发现有点偏离了本文的主题——给林先生画像。

那我就从一二三写起吧。

虽然林先生在国内的时间很长了，但他的中文表达还不是很好，说到有些中文词语时，语速就会慢下来，一个字一个字地说，带着歉意的微笑。聊着聊着，当一时找不到能完整表述他的意思的汉语时，他就会很着急无助地看向他的助理，含笑的眼神里流露出求助的意味。无辜又温和的表情，让四周的朋友忍不住心领神会地

乐了。

　　中等身材、始终笑眯眯的林先生，坐在那里是一位慈祥的长者，但当他行动起来，他的疯狂和坚韧，却又是很多年轻人都没法比的。除了滑雪，据说林先生在崇礼最喜欢做的另一件事就是登山，而且是专门去走那些没人走过的完全没有任何山道的野山。林先生一马当先，会把许多比他更身强力壮的同伴甩在后面。

　　林先生送给我一本书，是写他父亲的《林梧桐传》。至于为什么会把中国的滑雪事业当成他后面人生最重要的事业，林先生说，答案都在书里。林老先生生在福建，少年时下南洋，凭自己的人品和勤劳，在海外闯下一片天地，成为印尼侨领。林老先生一生旅居在外，远离故土，但叶落归根，始终是所有远游海外的赤子内心难以改变的情结。所以，能回到祖国为家乡做些事情，

是林家所有人的心愿，也是林先生从小从父母那里得到的教诲。也因此，林先生把云顶雪场最高点的那间漂亮的山顶餐饮驿站，取名为"金花阁"。

林先生的母亲叫陈金花，父母虽早已逝去，但林先生在心里，一定是想用这样一种方式来纪念母亲，纪念家国吧。

云顶的山上，除了远处连绵起伏的群山，走进金花阁里，就能看见林老夫人的照片静静地挂在入门墙上那排众多照片之中。修饰过的黑白照片上，年轻、甜美、眉眼温润如玉，青春的她微微笑着，春风拂面，单纯无邪，往事停驻。

林先生把他最爱的，都放在了崇礼。

冰凉的雪，
和温暖的木色

我住了很多次云顶大酒店。

前文说过，云顶大酒店是林先生十几年前来崇礼时修的一座五星级酒店。

十几年前啊，不管是因为什么原因，当时能投入那么多钱，在这样一个除了痴迷、热爱滑雪的雪友，基本无人问津的山沟里，修一座大酒店，想想就觉得疯狂。

但云顶大酒店就是很"疯狂"地在太子

城村的山林间耸立起来了。

我记得后来和一位在航天部工作过的朋友聊起崇礼，他使劲想了一下，突然一拍脑袋告诉我："我知道那个地方，我去过！前几年去张家口扶贫，我还觉得很奇怪呢，为什么那么偏僻的山沟沟里会有这样一座酒店！"

真是百思不解。

这是不是也可以从另一个侧面证明云顶当年的"疯狂"？

十来年过去了，在那样的山里，云顶大酒店的客房，依然还是给入住过的我，留下了非常深的记忆。

云顶大酒店的客房特色，用一个字来形容，就是满目皆"木"。此处的"木"，是指木色木质的意思。每个房间，无论地板还是墙面，甚至走廊过道的贴面，目之所及，都是泛着怀旧色彩的木料。那种大量原木材质的使用，在冰雪未融的山间，很是温暖，很是恍惚。每次住进去，总是会给我此刻是置身于一间欧洲小镇的小木屋的感觉。

有点梦幻童话的意境。

木色的幽香，木色的暖意，窗外白雪的清凉和房间内木质带来的居家舒适感，和国内其他华贵奢丽大理石铺砌的星级酒店，有着不一样的氛围。

在雪场，这样的建筑，似乎更能让我们与滑雪这个概念融合在一起吧。

皑皑白雪中，冰天雪地里，从漫天如银

的纷飞雪花中酣畅淋漓地飞驰而下，转身回到浸着幽幽林木清香的房间的包裹里，温暖惬意便会如期而至。

吹过漫松亭的
秋天的山风

肖大哥给我推荐过两次："有空你去看看漫松亭吧。"

"那是一个什么地方？"我问。

肖大哥道："你去看了就知道了。"顿了顿，肖大哥又道："路很难走。应该说是没有正常路。但风景很美，意境也很美。去看吧，就只是看风景你也不会失望的。"

我被勾起了十足的好奇心。沉稳如肖大哥，很少会重复给我推荐同一个地方。

所以后来有次到云顶，我就跟那时已经熟悉了的云顶大酒店经理李俊说我要去漫松亭。

圆圆脸的李俊用颇为吃惊的目光盯着我看了好一会儿，才道："丹姐，你知道去漫松亭的那条路有多难走吗？哦，对了，那边应该说是根本没有道路可走，都是在爬野山道。你确定你要去？！"

"我确定。"我的好奇心愈发被勾起来了。

看我这么坚定，圆圆脸的李俊想了想，又打量了我一下，用一种怜香惜玉的口吻道："那好吧。但是我还是觉得，丹姐你是没有办法自己走到漫松亭的。而且刚下过雨，路更难走。我还是想办法找一辆爬山车，我们一起上去吧。"

"好啊好啊！"

有这样的待遇，我自然是满口答应。我承认，对于我这样的懒人来说，如果能用舒服的方式到达目的地，我肯定不想为难自己。

李俊去工地上找他说的那种比最厉害的越野车还要厉害一百倍，能翻山越岭的爬山车了。走的时候一再嘱咐我和摄影师："多穿点儿！把你们的厚衣服都带上。山上风大。"

我"嗯"了一声，却并没动。等李俊回来，看到我空着手惬意地捧着一杯咖啡站在原地若无其事的样子，他无奈地叹了口气，转身急吼吼又跑去滑雪大厅给我们每人借了件厚厚的雪服，塞到我们手里。

然后我们上了李俊找来的那辆造型奇特，外观颇有点科幻片的味道，又像改造过的高阶卡丁车的爬山车。上了车我们才知道，这辆又酷又悍的车是没有四方玻璃和天篷的。就是说它没有门窗，只有四个巨大无比

的轮胎架着四面迎风迎雨迎着烈日冲击的座椅，以强悍无比的马力直直地往没有路道的山上就冲上去了。

这下我们真知道李俊为什么要我们带够衣服了。不只是风大气温低，沿路车行进时劈开的那些比人还高的粗壮杂草，不断横插过来的野蛮树干，生生让我尖叫着一边颠了个疯狂，一边冻得够呛。

我用雪服把上半身裹了个贼紧，脸埋在雪服的帽子里不敢抬头。但还是冷啊。上身裹住了，双腿被上山后陡然而来的寒冷山风吹得瑟瑟发抖。前座的李俊转过来看见我狼狈的样子，一脸的预料在先，笑了。然后，他豪气地把拿在手上的雪服赞助给了我。

我就以上身裹一件雪服，下身再裹一件

雪服的奇葩造型，来到了肖大哥口中描绘给我的，"风景很美，意境也很美"的漫松亭。

狼狈一路，好在当我们越过一座山坡，来到更远处的一个山顶时，眼前景象真的是震撼到了我。

正是秋天，极目远望，四周远近的山峦如静止的海浪，绵延不绝。漫山遍野渐变着的红艳艳的枫林，金黄的树叶跌宕起伏地铺满眼帘。

真的只想赞一句：树树皆秋色，山山唯落晖。

山崖边上，凌空有一座宽阔的木屋，也是四面无遮挡，似是就要这样，让这无尽的美景尽入眼底，山风肆意妄为地吹入屋中。

真的像仙境呢，像武侠电影和神话故事里才有的场景。

肖大哥一点没夸大。

我们几个，惊喜而又欢呼着跳下大马力爬山车，先是围着那座四面敞亮、临崖而建的木屋转了两圈，然后，奔进了屋内。

这就是漫松亭。

其实，用木屋这个词来定义它是不对的。屋的意思是围合而成的房子，但漫松亭没有围合，它就是木架于山崖，草结于顶上，所以，漫松亭真的就是"亭"。

站在漫松亭里，宽阔的空间里除了远处的景色，就是几根柱子。除此之外，什么都没有。在这样的山间，多一件物事，都会让人觉得是多余。来到这里，就是放空，就是放下；就是借一方亭台，让自己干净澄澈地彻底融入这样的大自然中。

摄影师边忙着拍照，边灵感迸发地感叹道："这里必须是有故事的，我得设计一下。"

李俊道："林先生和肖总带客人上来的时候，都是自己徒步爬上山来的。他们几乎不会坐车上来。"

我明白。如果能历经艰难的路程后再抵达这样的风景绝佳处，那份努力付出后的收获与惊喜，当然比我们这样讨巧又快捷简单地到达目标地，幸福十万倍。

面对这样的风景，我不得不折服。

后来，我没有再想过去问肖大哥，漫松亭是什么。

对我而言，漫松亭就是在崇礼我能看见的内心的一处风景。

04

"追星"李俊
崇礼十年记

用热爱，

把美丽的事物

留存于世上，

这一点本身

就是值得感谢的。

You are my only Chongli

　　圆圆脸的李俊是成都小伙儿，而且是个喜爱摄影，尤其喜爱拍星空的性格热情的成都小伙儿。

　　有段时间我着了魔似的不停往崇礼跑。我不会滑雪，也没打算学。最初的时候，我也不确定自己要不要写崇礼这本书，就是很纯粹地想开车离开城市，想沿着京藏高速，一点点开进那个又安静又热闹的山地小城。

　　最开始去，看我一路瞎转，肖大哥就对我说："介绍一个小朋友给你认识，他叫李俊。他在这里待了快十年了。而且他是摄影发烧友，这里很多景点和故事他都知道。"

　　所以我和李俊吃了顿云顶的川菜，称姐道弟，击掌盟誓，他就成了我在崇礼游玩的地陪之一。

　　简单概括一下李俊小弟弟的人生经历。1989 年出生的他从酒店管理专业学校毕业后，在厦门的一家酒店工作了一年不到，就遇到一个机会，按照他的说法，就被命运之神召唤到了崇礼。从成都到厦门，又从厦门到河北，成都帅哥李俊在二十岁出头时的活动轨迹的确跨度有点大。

李俊来崇礼的原因，当然是这个山沟沟里刚建了一座气派的云顶大酒店。那时候还没有奥运，除了这座气派但孤零零的酒店和冬天来滑雪的雪友，通常一片寂寥。破破落落的村里也只有为数不多的老人和孩子。

很孤独。没有影院，没有酒吧，没有美食和城市年轻人所喜欢的任何一项娱乐社交场所。除了工作，下班后就是安静地待在宿舍。如果不是李俊在这个孤独的山

里找到了能让他发狂的终极爱好，这样孤独的日子，再喜欢安静的小哥哥，也是会寂寞到发狂发癫的。

那份极致的爱好就是看星星和拍星星。拍完星星拍大山，拍完大山拍树林，拍完树林再拍村庄，拍村民。之后，冬奥启动，李俊又开始拍工地和日新月异建设中的各种冬奥场馆。

我看过李俊拍的那些崇礼的照片和视频，用海量来形容毫不夸张。那些图片多到他自己都没办法梳理。用他的话来说，这些年工作挣的钱大多换成了摄影器材。而所有工作以外的时间，也是这些镜头里的风景陪伴着他。先不论他的摄影技术和水平如何，

单是用了十年的时间，夜以继日，把这里的所有变化和四季风貌都如实记录下来，就足以让人叹服。

一个南方青年，能在北方的深山里年深月久地待下来，我相信，摄影一定给了他足够的力量。

我问过李俊，是他本来就喜爱摄影，所以能在崇礼的山里找到乐趣，还是因为崇礼的风光让他这么深地爱上了摄影？

圆圆脸的李俊个子很高，五官有着南方男子的圆润标致，但肤色却不似大多数西南男子的细腻白皙，而是微黑。那种黑，是非常明显的多年被日光照晒和凛冽的风吹过的印记。那是很多摄影人特有的肤色。

听了我的问话，李俊歪着头想了一下，似乎在认真考虑应该怎么回答我的问话里的前因后果。他说道："一开始是有点拍照的小爱好吧，但来崇礼后，拍得多了，就发现自己真的是很喜欢摄影。"

"我特别喜欢拍星星。"李俊接着说，

"崇礼山里的星空特别特别美，每次我去到山上拍星空，都觉得那是另外一个世界。那个世界只有在这里的深夜才能看见，才能拍得到啊！"

说起星空，李俊忍不住兴奋起来，他建议："丹姐，今天天气不错，要不晚上我带你们上五道沟最上面去看星星？"

这个建议让我的摄影小哥立刻拊掌赞同，没等我回答，他们就一言约定了。

一起去山顶看星星，有一群帅哥陪着，还是一群懂摄影的帅哥陪着。这么美好而让人心动的建议，我当然不会拒绝，只会举双手双脚赞同。双脚赞同的意思是，当李俊说最好不开车，要沿着五道沟那条弯弯绕绕的山道一路看一路拍，自己走到山顶时，我也没有片刻犹豫，脚踏实地身体力行地没有拖他们一步后腿。

那天晚上的夜空的确美。静谧的大山里，从五道沟一路向上，每转过一道弯，我们看到的星空都是不一样的。夜色中的天空随着脚步似乎越来越靠越近，近到有要将我们紧紧环绕起来的 3D 般的梦幻感觉。走到山顶，再抬起头来看，夜幕中繁星璀璨，天空中的星星多到密密麻麻，有一种令人窒息的惊艳。

恍如置身于科幻电影中的星空穿越。

"啊！"我忍不住叫起来。

没有人回应我，帅哥们都忙着扛着、架着手上的摄影机"追星"去了。

我自得其乐，寻了一片透着沁沁凉意的草地，席地而坐，双手抱膝，仰望星空，就这样沐浴星光辰辉，心情快乐到在夜空中飘忽起来。

我看李俊忙得不亦乐乎，笑他："李俊，你都拍过无数次这样的星空了吧，还这么兴奋？"

"当然！"李俊正遥控着他的无人机，快速回道，"每一次看见的星空都是不一样的。"

我想了想，又跟他闲聊起家常来了："你说过你前两年结婚的时候家安在成都，你爱人也在成都工作，那你们有没有想过以后何去何从啊？"

李俊憨憨一笑："特别远的以后没想过，但这几年，我愿意继续待在崇礼，她就在成都吧。"

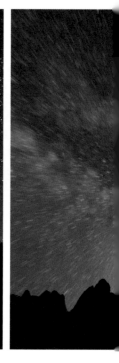

"那你们如何相处相聚？"我操心起来。

李俊道："我有假期，要么我回成都休假，要么她也会经常来崇礼度假。"

"你爱人支持你吗？"我继续瞎操心。

"支持。"李俊很开心地笑起来，"她也知道，遇见奥运，是每个人一生中难得的机会，当然非常支持我在这里的一切工作。"

我也笑了，又问他："那你爱人每次来崇礼，你是不是都会以御用摄影师的专属身份给她拍好多好多美照？这里风景这么美，这里的每一处风景你都了如指掌，

每次你不都得拍疯了？！没有哪个女孩子不喜欢拍照的！"

听我此言一出，李俊像瞬间泄了气的皮球，突然蔫蔫了。他有点垂头丧气地说道："每次我老婆都说我把她拍得好丑，说我是典型的直男视角。说我只会拍星星，不会拍人像。她不要我拍！"

"哈哈哈……"我和我的两位摄影小哥都憋不住大笑起来。

那天晚上的夜空，澄澈如水；那天晚上的星星，明亮如白昼。

我发誓，在我的一生中，这是我看到过的星空最美的一个夜晚。在安静得连轻

微的呼吸都是多余的时刻，只有岁月恒久的无边森林和沧海桑田的万里群山，在温柔而沉静地陪伴着我们，看着我们和天空中那些遥远的精灵对视并交流。

那就是自然的圣洁。

后来，我特别认真地把李俊拍的照片视频，结合他给我的推荐，又看了一遍。

在他的镜头里，除了无穷无尽变幻莫测的星空和崇礼的大山与森林，我还惊喜地看到了很多冬奥项目动工前最原始的太子城村的照片，和崇礼这些年来每一点每一处的人与事的变化。那些影像，用最朴实的镜头，记下了这座山村惊天动地的巨变。

它让我看见了我还没有走进崇礼前的人物纪事，让我从更多的角度来读懂太子城村和冬奥之间千丝万缕的联结。

它再一次给了我勇气，让我知道我为什么决定要写这本书。

好的艺术作品到底是用什么样的标准来判定的，我在"追星"者李俊的十年崇礼拍摄纪实里得到了一个新的答案。

用热爱，把美丽的事物留存于世上，这一点本身就是值得感谢的。

五道沟的如画四季，
和狂野

崇礼的四季到底有多美，三年中去了三十多次，我依然未能走遍；依然没有足够的底气来回答当我第一次到崇礼时，初识的那位本地朋友给我提出的这个问题。

但崇礼的四季真的美，是毋庸置疑的。

万物自然生长，交替盛放，再隆重谢幕。一草一木一石一山，崇礼的四季将生命的本质和生态的奇妙，完美呈现在了我们的面前。

无法尽述我看见的全貌，那我就用五道沟一处小小的景，来证实它吧。

四张图，分春夏秋冬四个季节拍的。拍摄地点，崇礼五道沟某处不知名的林间。当然，这样的景色在崇礼的确随处可见，所以并不知名。

拍摄者：李俊。

这四张图片一直在我的手机里存着，一直惊艳并激励着我时而沮丧时而又疲惫的俗世生活。我想它们是我心里的光，让我相信太阳照常升起、草木自然枯荣、人生也是有起有落的道理。

有些悟不透的道理，永远有大自然以它的语言来告知我们。

而崇礼的如画四季，真的已远远不只是闻名遐迩的冬天的雪国了。

五道沟独立成篇的另一个小理由，是云顶大酒店的大堂翻修好后，我再次入住，一站在全新的大厅门口，我就被进门处大屏幕上滚动播放的一条视频给紧紧吸引住了。

那是一段滑板视频，全程跟拍一位滑雪者。他以漂亮潇洒酷帅的姿态，从五道沟的最上面，贴地而行，沿路而下，沿着道路两旁翠绿的葱葱林木一气而下，滑过五道沟的每一个弯道和斜坡，直达终点。

我是个不喜欢运动的人，但完全忍不住被这段又酷又帅，充满了狂野气息的滑雪视频所吸引。原来，可以看星星拍四季的五道沟还可以这样玩啊！还可以这么剽悍又美帅！

我把这段视频在手机里藏了很久，反复看，乐在其中。不知道是真的被这项运动再

次打动，还是被五道沟的这个新发现所洗脑。

可惜，视频没有办法放在我的书里，那就建议有滑雪天赋的朋友去现场依样实施一次。或者，自行脑补那幅在森林中狂野奔放的滑行画面吧。

05

从京藏，到京礼，
再到50分钟高铁

崇礼越来越近，

崇礼越来越快。

中国速度和能力，

在崇礼再一次得到证实。

You are my only Chongli

去往崇礼的路从最开始的一条京藏高速，到现在的三条路线，我很幸运地经历了它的升级过程。

京藏高速，是最初能到崇礼的唯一高速公路。全程将近三百公里，不远不近。从北京出来开上高速，首先经过的是那段著名的八达岭高速，风景很美，弯道陡急，要穿过的隧道山洞也很多。过了八达岭，还会经过好几个听说过的河北的县城区，远远地，一个个在飞驰的车窗外一掠而过。

我是一个注重微感觉的人，那些匆匆掠过眼前的县城建筑，和越来越呈现出另一种风貌的高山和田野的景色，在最初的京藏高速公路上，一直给我一种从一个熟悉的地方出发，去往未知而陌生之地的忐忑和惊喜。

这条路很多人都熟悉，也都知道沿途的舒畅和美妙。跑得多了，我到后来也不用开导航，可以在每个关键的路口择道而行，准确开上张家口高速那段我喜欢的布满林荫的路。

那条高速的确是我在去崇礼的京藏高速中最喜欢的一段路。我特别喜欢能在下午五六点钟的时候行驶到那条道路上。路不宽，双向四车道，但京藏高速到了这一段，就变得笔直向前。远处的山峦也并不高耸，而是绵延着。山下有一片安静的城区，有微微的烟雾若有若无地从高高的烟囱中飘出，慢慢消散在明净的天空中。

最美丽的是那黄昏临近时的阳光。那种北方特有的阳光，徐徐照射在笔直向前的高速路两旁排列有序的桦树上。太阳正在西下，车行向西，正迎着无可抵挡又无与伦比的那轮夕照。那样的阳光折射在随风轻轻翻动的树叶上，光影晕染，那亮眼的碰撞和从眼里闪过的余晖，就像金光倾泻；像极了两位古代的侠士，在落日的山崖下执剑对决，双剑相迎而迸出的炫目的火花。

能把一片阳光，想象成古代剑客的画面，我也真是很佩服自己的想象力了。

但真的很奇怪，只要开进北方的山里，那些触目所见的景象，总是会给我这样一个被南方水土滋养大的女子，完全不一样的触动。

辽阔、苍茫、朴实、厚重、金戈铁马，驰骋疆场。

这条北京至西藏的高速路，给了我离开城市后无穷无尽飞扬的思绪。

这也是第一条能到崇礼的高速路。

也是我开往崇礼的第一条路。

那个时候，北京直达太子城村冬奥主场馆的京礼高速正在夜以继日地修建。同样，能从北京直达太子城村的冬奥专线京张高铁的通车也是指日可待。

为举办冬奥而建设的高速和高铁，都是 2016 年动工，通车时间都是在 2020 年的元旦前后。

惊人的速度。

让我们先来看看官方发布的信息。

先说高铁。

京张高速铁路，又名京张客运专线，即京包客运专线京张段，是一条连接北京与河北张家口市的城际高速铁路，是京津冀"八纵八横"高速铁路主通道中"京兰通道"的重要组成部分。

京张高速铁路是 2022 年北京冬奥会的重要交通保障设施，是中国第一条采用自主研发的北斗卫星导航系统、设计速度 350 公里/小时的智能化高速铁路，也是世界上第一条最高设计时速 350 公里，能抵抗高寒大风沙的高速铁路。

2016 年 4 月 29 日，京张高速铁路开工建设。

2019 年 12 月 30 日，京张高速铁路开

通运营。

京张高速铁路主线有北京北和清河两个起点站，途经张家口站，崇礼先开通的是太子城站，崇礼区站也会在冬奥举办前顺利完工。

再说京礼高速。

京礼高速由北京兴延高速和延崇高速合并而成，是2019年北京世界园艺博览会和2022年北京冬季奥林匹克运动会的重要配套基础设施，也为缓解京藏高速长期拥堵开辟了新的通道。

京礼高速，为北京至崇礼的高速公路，京津冀编号为S3801。起点位于北京市昌平区六环路，终点至河北省张家口市崇礼区首都环线高速公路白旗互通枢纽，总体呈"西北—东南"走向。

京礼高速兴延段开工于2016年，延崇段开工于2017年。2019年1月1日开通兴延段及延崇北京平原段，2019年12月30日开通怀来北到太子城段。

京礼高速全线设计为双向四车道，预留远期双向六车道通行条件。通车后从北京市区至太子城冬奥主场馆地全长170公里。

也就是说，通车后的京礼高速，把从北京到太子城村的距离缩短了约100公里。而高铁，坐过的朋友都知道，最快只要50分钟。

官方资讯到此为止。

把这些有点枯燥的信息写在这里，真的也是希望我们未来任何时候都能够记住，那个"天堑变通途"的神话，是怎样一步步实现的。

昔日无人知晓的大山里的村庄，一朝委以大任，即刻变为条条道路都能快速通达的耀眼目的地。快到如果是下班高峰时段出行，从北京清河站到太子城站只要50分钟，时间非常准确。而同样时间，从北京清河开车回到东三环、东四环，估计得用从太子城来回的时间还不止呢。

开句玩笑，在北京西四环、西五环上班的人，要不要就改弦易辙住到崇礼去呢？提前实现京津冀真正一体化，实现住在村里，城里上班的美好小康生活。

对于受不了城市拥堵和汽车尾气的人来说，可以认真考虑此建议。

很凑巧，我第一次开上京礼高速，是刚刚试运行的那一周，还没正式通车运营。也好巧不巧，我不知怎么一拐，就从出了北京的京藏高速上了另外一条高速。开着开着，觉得有点不对，不像我平时走过的京藏路啊，但方向也没错。再仔细观察一下，发现路面都很新，穿过一段很长的隧道时，隧道的两面石墙和天顶，都是冬奥滑雪的壁灯图画。是了，是刚刚才通车的京礼高速没错了。

运气真好，歪打正着。我一个不导航的路盲，竟然准确地开到一条最新的路上来了，开到导航都还暂时没有的新高速。

那次开车真把我开心坏了。全程几乎无车，只有出隧道后有一辆不知什么时候跟上来的黑色越野，以飙车的速度风驰电掣般超越了我，很快就无影无踪。受到影响，我也加速起来。整个行程，我享受了一次"横行霸道"的驾驶乐趣。

京礼高速通车后，不用再从崇礼城区绕行，可以直接到达太子城的高速口下道了。

高铁也一样，如果去冬奥场地，那就到太子城站下。

至于崇礼城区到太子城村的距离，那条我自己愿意称之为"奥运大道"的道路修好后，不到30公里的路程，开车也就半个小时吧。

崇礼越来越近，崇礼越来越快。中国速度和能力，在崇礼再一次得到证实。

冰雪五环太子城

行驶在京礼高速上，你会发现这里只有左右 4 条车道，而其在部分山区限速为每小时 60 公里，平原地带限速也才不过每小时 100 公里。这是为什么呢？

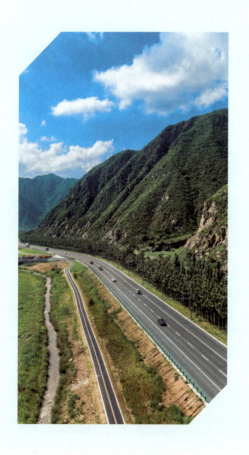

从一位路建领域的朋友处才了解，因为这条高速的河北段，地处崇山峻岭，深沟险壑，修建时需要穿越两大断裂和湿陷性黄土区，高速公路最大的海拔差接近千米。京礼高速上的金家庄螺旋隧道就是在这种条件下修建的。它也被吉尼斯世界纪录认证为海拔差最大的螺旋公路隧道。朋友说，这段路不仅海拔差大，地质条件也十分恶劣。在开始挖掘山洞的时候，经常会遇到富含水脉的岩层和松散的岩层，这给隧道施工带来了极大的危险和极高的难度。

施工人员形象地比喻该路段某些岩层就像"水帘洞、豆腐块和夹心饼干"。他说长达 9.2 公里的松山隧道是施工难度最大的。往往难度越大的地方施工出来的效果反而是最好的。而最好看的就是太子城收费站前的彩虹桥。

太子城互通主线桥是以"冰雪五环"为设计要点，是延崇高速上最具冬奥特色的景观，也是崇礼冬奥的精彩门面担当。

这座桥紧邻冬奥会太子城赛场，是北京冬奥会期间连接延庆赛区和崇礼赛区的项目终点门户立交。

开过这条路的朋友有时会纳闷，为什么这样好的路况限速为每小时60公里？路建的朋友说，这都是为了安全考虑。京礼高速山区段落差大，弯道急，如果车速过快，极容易造成交通事故，尤其在那几段很长的隧道里。

这的确需要注意。

创造了吉尼斯世界纪录的京礼高速，凝聚了无数建设者夜以继日的艰苦付出和辛劳。它不是一条普通意义上的高速，而是从崇山峻岭中通往冰雪王国的又一条梦幻之路。

（本文改编整理自网络资料）

从东三环到太子城的
高铁之行

本来是想做个贴士在这里，把冬季和夏季不同季节北京到崇礼的高铁班次和时间表列出来的，查了一下，发现我不能。

此刻未到冬季，不晓得列车时刻表全貌。但我如果没有记错的话，冬天从北京两个站开往崇礼太子城站的高铁班次，最多的时候每天可以达到二十次左右。真是方便极了！

而且去往太子城的高速列车上，每节车厢都有一个独有的空间，就是车厢进口处，专门有用来放雪具的地方。此乃京礼高铁独

有、细致入微的雪国专列。

我当然是坐过无数次这条让人心旷神怡的路线。我记得坐过第一次以后，就精准地知道，只要谁提前两三个小时约我，那我就可以从北京的东三环准时赶到太子城村的某处，和崇礼的朋友吃午饭或者晚饭，吃完后，还不耽误我再晃晃悠悠、慢慢腾腾地回到东三环。

清河站是我喜欢的出发站。首先，当然是清河高铁站和地铁站的无缝对接，不用出站直接换乘，极其方便。其次，全新的清河高铁站宽敞大气，进站采用人脸识别，省时又省力。再次，只要不是滑雪旺季，那坐在京礼高铁上的舒畅感，那种有的时候，一节车厢只有几个人的"包车"感，真是窃喜得不要不要的。

把每节车厢都"坐"成了商务座，也算是京礼列车"偷偷"送给去崇礼的人的小福利了吧。

06

被原地
保存下来的
老教堂遗址

它见证历史，

见证文明，

见证更迭，

更见证了人性不变的

良善和敬仰。

　　是在肖大哥的微信朋友圈里看到关于老教堂的事情。

　　肖大哥在朋友圈里写了一段长长的文字。他写道：天主教堂是张家口一带民俗文化的留存，是它的一段历史，这样的印记很难得，那可不可以让正在修建的道路就为这份活生生的文化的印记弯一下道呢？这样难得的老教堂能留存下来，加以修缮改造，在保留住它原来风貌特征的前提下，做个咖啡馆或者小图书馆，也是对过往历史以及文明的敬重，更是属于崇礼奥运的别样风采。

　　肖大哥还拍了一组正在施工的现场和那破旧老教堂的照片，放在他的朋友圈文字下。

　　我给肖大哥私信，知道了事情的缘由。

　　原来，正在修建的太子城高铁站出口处，在原来规划的到奥运村和比赛场馆的路线上，有一座很老旧的天主教堂。教堂很破败，应该也早就没使用了，但教堂的基本风格和建筑特点隐隐还在。本来按原来规划的路线，这座早已无人使用的教堂是在拆除计划之中，是要为奥运让路的。

　　因为冬奥会，崇礼百姓们作出了巨大的牺牲，拆了很多老房子，也建了很多新高楼。尤其是太子城村的村民们，他们搬离了祖祖辈辈居住的古老村庄，去了城区，开始适应新的生活和环境。这一点，我在李俊那如崇礼冬奥变迁史一般的海量图片记录里，真实

地看到过。

有些牺牲和付出，为了发展是值得的。

但有些呢？在不影响整个大局的情况下，留下一些特有的文化的遗址和印记，融入新的元素，重新面世，是不是更有意义呢？！

那座老教堂在云顶不远处，肖大哥有一日从那里路过，心念一动，他内心的情怀和文化人的属性就不可抑制地勃发出来。

他觉得应该留住那座教堂。

那是代表崇礼鲜活的文化的一种标识。

崇礼到底有什么？它是一座什么样的小城？为什么我第一次经过城区时看到的最醒目的建筑是一座天主教堂？

我也是后来查阅了一些资料，才略略知道了关于张家口和崇礼的一些风土地貌与传说。

首先，古往今来张家口都是边关重镇，兵家必争之地，也是北方各少数民族交融的地方。所以张家口的古长城遗址也是最多的，素有"长城博物馆"的美称。张家口地处四省交界之处，曾经在这里聚集居住的少数民族有狄、戎、鲜卑、乌桓、匈奴、契丹、女真，等等。张家口的由来相传是由两座"堡"合二为一而成。再久远一点的传说，那就是明代嘉靖八年（1529年），守备张珍在北城墙开了一个小口，日"小北门"，意曰门小如口。该处门小，又由张珍开筑，所以称"张家口"。这段历史典故后面我会专门写到。

那个时候，作为连接边关的重要关口，自明朝时就有许多从南方海路和西方陆路来此去往中国内地做生意的阿拉伯人和波斯人，他们的第一站就是张家口。他们在

此贸易经商，不但让张家口成为牲畜、皮毛等商品转运集散的必经之路，成为那个年代的塞北重镇、工商巨埠，也使其不知不觉间有了异域文化的浸染和共融。除了商人，同时也有不少传教士来到此地，布道施教，修筑教堂。

在崇礼，上一辈很多人依然保留着周末到教堂去做礼拜的习惯。

这是我认识的太舞滑雪场的一位当地女孩告诉过我的。

所以，在崇礼有天主教堂，也就理所当然了。

只是，在远离城区几十公里，荒僻少人的太子城村里，竟然也有这样的教堂，倒是让人惊讶的。尽管破败的小教堂早已废弃多年，不过，在心念一动的肖大哥的眼里，它却是真切印证了这座荒凉山村曾经的历史和文化的记忆。

所以，为什么不把它留下来？

肖大哥情有所动，回来和公司管理层一商量，达成一致意见，便开始给各个上级部门书写情况说明。

如情所愿，如愿以偿。上级部门很快同意了这份极富人情味的合理化建议，决定冬奥道路为教堂绕道，不惜提高修路成本，也要留下这难得的老教堂遗址。

同时，政府相关部门还拨款修缮教堂，尽可能还原它原本的建筑形态和风貌。

这是后话。

再后来，就是每一位开车从京礼高速太子城出口下道来到崇礼的人，出了高速口第一眼看到的，是漂亮斑斓的奥运五环桥，第二眼看到的，就是通向奥运村那条本该直直的公路，生生弯了很大一个弯。弯道正中间，一座修缮如新的天主教堂朴素而又醒目地映入眼帘。

时过境未迁。知道这个故事的我，写下这个故事的我，想起当初看见肖大哥朋友圈里这条信息的时刻，再想起每次从太子城高速口出来看见的那座教堂，不禁被深深地感动。我相信，只要心怀一念，情有所牵，时代的发展和历史的遗迹，是可以包容并进，互映生辉的。

那座不知名的小教堂，能在奥运五环的环抱里保存、留下，并身临其境地见证着一个新的时代来到它存在了很多年的山村。它见证历史，见证文明，见证更迭，更见证了人性不变的良善和敬仰。

那座村庄

写完感动过我的，再写写让我期待的。是关于村庄的。

人类是很奇怪的一种生物。最原始的人类大概率来自于森林，然后是村庄，再然后千方百计拥入城市的高楼大厦。当人类将自己囚锢于四季不分的钢筋水泥建筑里久了，就又开始"贱贱"地怀念并向往回到原生的村庄和自然之中。

我就是。

怀着这样又"贱"又美好的小资心态，

这些年来我一直在用我的眼睛和笔触，寻找书写我想象中的桃源。

在崇礼也一样。

了解完冬奥，游览过几大雪场，我其实更愿意以崇礼为核心，走向那些周边不太为人知，也不曾为之变动的北方小村庄。

我在崇礼找到过好几个悄然静卧，依然农耕劳作，隐藏在山里的真正的村庄。

印象最深的，是在路过那条奥运大道时曾经看到过的一个小村庄。

那个村庄在道路远处的斜山坡上。北方很典型的围合式平房形态。不大不小的村子，也就二三十户人家吧。我进去转过，很有些特色，住的人不多了，似乎都在等着拆迁。

会拆吗？要拆吗？我不知道。但有一次跟崇礼的一位朋友聊起村庄改造的事，我就提起在广东惠州的一个村子里，看见过村里院子的墙壁上，有条不紊构思巧妙地画满了黑板报似的艺术墙画，画得还多是有惠州本地风情民俗风味的生活故事壁画。特别有意思。

那个普普通通的村庄因为那些壁画，瞬间就接地气地生动起来。

我印象非常深刻。

这样富有创意的艺术涂鸦壁画村庄，我在国外也见过。

所以我跟崇礼的那位朋友探讨："有没有可能在奥运核心赛区以外的这样一个地方，我们也改造出一个有北方本地民间故事的艺术壁画村庄来？"

"也许，不一定要把所有的老旧村庄拆掉，才是唯一的办法啊！"我的思维充满了艺术梦想的小资情调，我继续设想，"让原住民们继续住在村里，有烟火气，有人情味，有故事，还有创作。这样的村庄不但城里人喜欢，艺术家喜欢，也会成为未来崇礼奥运风景网红打卡点的。"

我越说越兴奋，直接拿出手机来，给朋友翻看我在国外那个村庄旅游时拍的那些照片。

一株茂盛的大树从墙内伸出枝干，枝繁叶茂地在墙头上盛开，树枝的墙下面，巧妙地画了一个表情快乐的人头像，就像错位借景，那片枝繁叶茂的大树树叶，就变成人头上夸张而蓬松的乌发。

另一张，几棵小树正在努力生长，旁边的墙面上，画了一位穿花裙子的小女孩，扎着两条小辫，手提浇水壶，正在给那几棵小树苗浇水。小树是货真价实长在土地里的，浇水的小女孩是画在墙上的。虚实结合，饶有情趣。

我在那个国外的小镇拍了许多当地这类奇思妙想的景象图片。那些虚景与实物的巧妙融合，不但有创作者的灵感智慧，而且每幅作品都尽量呈现了当地的人物特色和风情。这真的是需要智慧的。那些智慧和用心，让原本平平无奇的墙屋和小镇，充满了让人流连忘返的格调。

是会让人记住的。也是会让人愿意走进去的。

崇礼的朋友道："有点像北京的798。"

"是的。"我点点头。

朋友又道："只不过798是在废弃的工厂上进行艺术的再创作，这是在生活着的村镇上做实物借景艺术壁画。"

我忍不住鼓掌："说得太对了！"

朋友笑道："好啊，作为一个崇礼人，

我也很赞同。我们一起努力，希望崇礼以后也能有一座有这样特色的村庄。"

我从车后座侧过身去，指着刚刚从眼前掠过的那片斜山坡上村子里的老旧房子，半开玩笑道："这个村子就很好啊！我不知道这个村子要不要拆，如果要拆，不如拿来改造成新农村的艺术壁画村。"

朋友微笑不语。

村庄远去，道行渐宽。

美好的交谈到此为止。

后来，我在共青团中央主办的报纸上看到河南新乡那位90后回乡青年尚勤杰，用一支画笔，把平凡的家乡村庄画成了国内外都频频关注点赞的网红村落，在保留家乡原生态风味的同时，为村民们引来了新的生产生活机缘。

"神笔马良"的事迹不但得到众多媒体点赞，还引来了外交部的表扬。城市化和乡村改造不是让文化消失，而是尽一切可能把乡村文化保存下来。山地度假更应该有乡村的元素，同时让更多村民参与进来，并改变他们的生活，在故土上给他们新的工作方向。

我知道，小资文艺者发散似的梦想思维，有时候终究是梦想。梦想是美好的，但实现美好梦想的路径和有效条件，却需要工整严谨的理性来解答。

需要时间。

但我仍然期许着给了我梦想的那片村庄。

07

山林隐居的
隐居山林之路

我一路向北，

从北京城的最中心，

来到崇礼四台嘴乡

马驹沟村的山林隐居处，

我就是要看到

历史的真迹。

You are my only Chongli

　　我一定比很多崇礼本地人和来崇礼滑雪旅游的人都更早知道这间民宿。

　　一想到这一点，我就有点小得意。

　　这是我去过云顶后发现的崇礼第二个有意思的地方。

　　其实也不是我发现的，是崇礼的朋友告诉我的。

　　那次，我们聊天，我发出深深地疑问："为什么崇礼有这么好的酒店，却没有民宿和客栈？"

　　我的老毛病又犯了。套用一句看来的比喻，在我的意识里，到一个地方去，住星级酒店，那种感觉是，自己还是一个衣冠楚楚的旅客。只有住在有主人待客的民宿里，才是和那个陌生的地方有了"肌肤相亲"的接触机会。

　　那位崇礼的朋友很了解我，他说："有的，不过很远，去那里的路不好走，车也很不好开。"

　　"在哪里？"果然提起了我的兴趣。

朋友道："在离崇礼四五十公里的地方，一个叫马驹沟的村里。有位从北京过来的张总，正在那里修北方大院民宿，很有意思。你去看看吧，你应该会喜欢的。"

朋友给了我张总的联系方式，指明了大概的路线，又一再嘱咐我路很难走，如果要去，最好约个朋友同行。在进马驹沟村的山路前，打电话让张总来接一下。

朋友给我的路线，从崇礼城区出发，先向太子城村方向走，到奥运场馆的三岔路口就分路：太子城村往左，马驹沟村往右。那是条正在修的旧路。

抱歉，对于一个资深路痴来说，我一直没太记清楚我走过去过的崇礼那些道路的路名，所以此处只能囫囵比画一下。但探访马驹沟村给到我的欣喜不止于它那里有意思的北方民宿，我还在那里第一次看到了真正的野长城遗址。所以，我很愿意把这座远隐于大山深处的民宿郑重推荐给有缘的朋友。

我决定前行。

按照崇礼朋友的建议，我想到的第一个可以陪我同行的人，就是我的老朋友，清华美院的姚大师。在我的软磨硬泡和半真半假的威胁加恳求下，姚大师答应陪我一起去。

感谢姚大师，十年老友，从博鳌到崇礼，我写过的每一个小镇，在我每一本书的文字里，几乎都有他同在。感谢他愿意陪我一起去亲历那些小镇的美丽细节和别样情怀。

我们是从北京出发的。这段路程有点长，车开上京藏高速后我才回过神来，我佯装抱怨道："姚大师，我为什么要让你陪我去啊！你又不会开车，我开累了你连帮我换个手都不行！晕！为什么你不学会开车，还敢称大师！"

姚大师正在后座偷开了一小点车窗缝，抽他的电子烟。他扬扬得意地回答我："我就不学开车，谁让你找我的。你自己好好开车吧！你说的，到了崇礼后进山里有段路很难开。我坐镇指挥，你负责开车。"

要不是双手握着方向盘，估计我就得顺手抓一个身边的什么东西丢过去，表示我的抗议了。

老朋友的友谊就是可以这样轻松互怼的。气氛轻松了，路途也就不累了。我们很快到崇礼，到达三岔路口，右拐，开往去向马驹沟村的山路。

说实话，我去马驹沟村的那几次，都把那段路分成三段。第一段路是普通的山村公路，不算难开，但碰上修路，就比较头痛；第二段是那种特别偏远的山里的石子路，车轮碾过，吱吱作响，时不时还能听到有细碎的小石子飞溅到车身底盘的碰撞声，听了让人心惊又心痛，但两边山上的风景是不出意料地如诗如画起来；第三段路就不用说了，我从没有开我自己的车进去过。

开车技术有限，我按照和张总电话约好的，将车停在第二段路途中间，两座大山平洼间一处只有十来户人家的村口超市的门口，等着张总开他的车来接我们。

看那里的山景，就算张总没有嘱咐我们停在那里，我们也是不想走了。正是夏天，深山里的草木和不知名的紫色粉色小野花们，正在蓬勃茁壮地成片怒放。两边山之间的梯田和森林鳞次栉比如层林尽染般，

如梦似幻。

我记得当时姚大师是冲下车去的。他惊呼一声，我还没完全停好车，就看见他已扑向开着野花野草的那片田间。

画家的艺术"疯性"展现无遗。

大好"美"色面前，什么老友情谊基本都抛诸脑后了，也顾不上管我的车怎么停了。

我至今不知道那个村的名字，也不知道那是什么山。我想，对在山里生活的崇礼人来说，那也许只是他们山里很普通的景色，但在我和姚大师的眼里，那是如油画一般纯粹之极的大地艺术。

是的，大地艺术这个词是姚大师在那片野草野花地里大声喊叫出来的。我想了半天，也觉得只能用油画这个词来形容眼前的景色。我能想起来的上一次可以让我发自内心用油画这个词来赞美的地方，是在英国的乡村。我以为那种色彩明亮纯净又有画布质感的景色，是自然的杰作，是上帝才能泼墨绘就的。我没想到，竟然在崇礼这个不知名的山里，也能轻易撞见。

姚大师在田野里玩疯了，捧着一大束刚采的各色野花，看见不远处有一匹马正甩着尾巴悠闲地吃草，斜着眼睛在打量他这个陌生的闯入者，便晃晃悠悠过去，蹭在那匹马的身边，讨好地要和马聊天合影。

看着姚大教授捧着野花歪着脖子，一脸痴笑地和一匹马出现在我的手机镜头里，我差点儿笑抽了。

我边拍照边大笑："姚大师，我决定就把你丢在这里，我开车走了。"

笑到开着一辆拖拉机一样的皮卡车来接我们的张总喊了我好几声，我都没听见。

言归正传，我们要去的马驹沟村民宿主人张总亮相了。

通电话的时候就觉得，对面传来的张

总的声音有种飘忽的深远和厚重，就是那种习惯了在山里慢慢悠悠喊话的感觉。听着声音，我眼前总是浮现一位憨笑着的农民大哥的形象。此刻看见真人，发现和我想象的形象完全重合。来接我们的张总皮肤黝黑，身材高大，说话慢慢悠悠，声音厚实，回音伴着丝丝山林和土壤的共鸣。我立刻决定，改口叫他张大哥了。

只有这个称呼，才更符合这样场景中的气氛和人物身份。

握手介绍，相见自来熟。我和姚大师跳上那辆用张大哥的话来说是最经折腾的农用小货车，去往他的村庄。

好吧，我承认，这是我在崇礼走过的第二夸张的路。第一当然是从五道沟到漫松亭的那条无路之路。如果说那次是从树林草丛中野蛮劈出的山道，那这一次，剩下的这段路，就完全是在碎石泥土的羊肠小道上歪歪扭扭小心翼翼地穿行。

我和姚大师在后座被颠得七荤八素，却又觉得很开心刺激。张大哥开着车还笑道："本来想开拖拉机来接你们的，这个路开那车才好使，怕你们受不了颠。"姚大师不怀好意地补刀："应该让曾老师开她自己的车进去！"

我回击："大师你还想不想坐我的车回北京了？"

"不想。"姚大师得意道，"这么好的风景，我不回去了。我要住在山里，你

们谁也别来打扰我！"

风景的确美，干干净净简简单单的美。那种美，是可以让人再一次惊觉，原来，最简单的树木草叶山坡泥土，就可以美成这么纯粹的模样。

到马驹沟村第一眼看到的，就是张大哥的宅子。张大哥介绍说，他就是张家口人，前些年一直在北京工作，做些小工程。后来，北京冬季奥运会滑雪赛事定在崇礼，他就和许多出去后又闻讯回来发展的张家口人一样，决定回家来做点事。小时候他几乎跑遍过家乡附近的每座山，他知道哪里的空气和风景最好。想着做过工程的那点手艺，张大哥就约了几个有同样

想法的朋友，打算一起在山里修个院子，开个民宿。

也算半生出走，归来仍是叶落归根处吧。

他们都想，越远的山村越好，最好车都开不进来。张大哥转了很久，最后就定在马驹沟村。这个在崇礼的民间传说中驴太子养马的山村，在几座大山之间，长城关口之内，草肥树壮，风过山谷，正是他们要的"大隐隐于山"。

张大哥他们就长租了村民们闲置的旧屋，开始重修他们想要的北方院子。好多建设的材料都要从山外运进来，运到最难走的那段路，就用板车和拖拉机拉。一点一点，一座、两座，从里到外都充满了北方特色元素的玄青色的宅院就这样修起来了。

艺术家姚大师给这样风格的宅子起了个流行的名字：新中式北方院落。

我第一次去的时候，张大哥的宅子刚改造好两座，他说，所有来过这里的朋友都会不约而同喜欢上这里的宁静。"所以，后面还有好几处房子都要慢慢改造。大家都想参与进来，想着以后就在这里养老吧。"

张大哥道。

我问："你们的民宿不对外营业吗？"

张大哥道："也营业，但不想以赚钱为主要目的，我们就是自己喜欢才做的。你来看，就这样在山里待着，什么也不做，就这样安静地看着外面的风景，多舒服啊！"

张大哥让我看出去的地方，正是他家院子二楼厨房的窗外。夏季的山，绿色无边，阳光无边。我定义道："这一定是世界上风景最美的厨房。"

"还有更美的。"张大哥道。

"什么？"我转过头来。

张大哥慢悠悠地笑着说："先吃饭，村里地里刚摘的，新鲜凉拌的圆白菜，还有崇礼的特色莜面，都是地道的乡土食材。吃完饭我带你们上后山，去看真正的野长城。"

虽然在来之前就已经反复听说了这里的野长城遗址，甚至连姚大师也是被我用这点着重"拐带"过来的，但我还是要追问："为什么说是真正的野长城呢？"

张大哥回道："因为这里的长城从没经过任何修缮，它和你们以前看到过的长城完全不一样。它没有城墙，就是很多石头垒成的攻防线。"

这是我此行最重要的另一个目的。

我要看见真的长城。

我一路向北，从北京城的最中心，来到崇礼四台嘴乡马驹沟村的山林隐居处，我就是要看到历史的真迹。

野长城之歌

我一直在想，我该用什么样的语言和文字，把我后来在马驹沟村后山上看到的景色真实地描述出来。我该怎样描述，才能真实反映我内心深处受到的冲击和震撼。

我的所有语言文字在那片山林面前都是苍白的，都是力不从心的。但我还是要写下来，那就请理解我用尽词汇堆砌、一点也不溢美的赞美之歌吧。

这里有北魏到辽金时代的长城遗址。远远望去，犹如一条巨石铺就的长龙，盘踞在草甸之上。这里一年四季风景优美：春夏有青山绿树，鸟语花香；秋有天高云淡，流光溢彩；冬有白雪飘落，山舞银蛇，如诗如画，令人沉醉。

这是一个被群山绿树环抱、蓝天白云点缀的世外桃源。

这里山坡平缓，每到春夏之季，开阔的

山坡满目青葱翠绿。在这远离尘嚣的远山，独有一片保存最完好的植被。

这里的雨水充沛，不论春夏还是秋季，雨水冲洗过的山林就变成了另一个世界：云雾缭绕，漫步其间，只见轻雾在树丛中飘散着，若隐若现，若有若无，撩人心弦，令人飘飘欲仙，欲罢不能，如置身于仙境之中。

春夏季节，一片生机盎然，遍地小草像地毯似的，野花开满山野，散发着清香的气息。郁郁葱葱的树木加上清脆动听的鸟鸣，为寂寥的生活带来无限的生机和乐趣。

悠闲的牛羊在这里享受着最清新的空气和嫩绿的青草。

到了深秋，这里便变成了另外一个世界：天高云淡，满山姹紫嫣红五彩斑斓的树叶，宛若童话世界。

冬天，那就更是崇礼群山的主场。白雪皑皑，山舞银蛇。

这里有古人留给崇礼大地最珍贵的野长城遗址。雄关漫道真如铁，长风万里送秋雁。绵延的碎石长城与风车为伴，静静躺卧，远远对望着，似在无声地诉说着曾经金戈铁马遍地狼烟的历史，用它的不屈和强韧，成为承载岁月的最亮丽真实的风景线。

词穷。

那就歌颂到此为止。

我去过马驹沟村很多次，也带很多朋友去过山林"隐居"。路一直都很难走，但是如果心里藏了好风景，再难走的路，也变成了风景。

李俊 摄

08

拉了一车
圆白菜回北京

"山里的圆白菜

真的好吃，

我们一起去。"

You are my only Chongli

这是让我记到现在的一件趣事。

有一次，我带了两位部队医院的姐姐去马驹沟村。在这里先不提她们看见那片美景后不出意料的欢喜和赞美，先说说村里的圆白菜。

张大哥做的凉拌圆白菜真的太好吃了。第一次去吃了以后，这道菜就成了我每次去都必点的菜。

也没见他们放什么多余的作料，就是把圆白菜剁得细细的，干干净净清清爽爽地拌点盐端上桌，就是一碗吃了让人满口清香的难忘小菜。

按照张大哥的说法，主要是原材料好："都是村里地里土生土长的。"

那口圆白菜，自然而然，把两位吃惯了精细餐食的姐姐也吃傻了，和我一样中了"毒"。

她们中的"毒"比我更邪乎。出了院子在村里转悠的时候，一位姐姐突然惊喜地叫起来。原来，她看到有位村民大叔开着一辆轰隆隆响声巨大的手扶拖拉机从村口拐着弯进来了。重点是，拖拉机上拉了整整一车圆白菜，不用问就知道，这一定是村民刚从地里摘了运回来的。

"我们去找村里人买圆白菜吧。这里的圆白菜多新鲜啊！"两位姐姐异口同声道。

当然好。可是当我们走过去，正准备和那位开拖拉机的村民说出我们的想法时，一位姐姐又突发奇想，她打断我的话，笑眯眯地跟村民商量："这位大哥，你家圆白菜地在哪里啊？要不你带我们去，我们自己下地里去摘，摘了还是按照市价买。我们想多买一点，想带回北京去。"

这个建议好新鲜呢。开拖拉机的村民笑眯眯地答应了我们。所以那天，我们仨在村里的菜地里是亲自动手摘的菜，摘了一堆又一堆。所以后来，我的SUV车后座和后备厢是装满了山里的圆白菜回北京的。

车子里弥漫着清新的圆白菜味儿。

到了北京，两位姐姐都是叫了家里人下来接驾，左提右拎，一棵圆白菜都不少地把她们的胜利果实抱回家去了。

"那么多圆白菜，是怎么吃完的啊？"

后来我问一位姐姐。

姐姐说："早中晚，变着花样做，变着花样吃啊！你别说，那圆白菜和我们在菜市场买的口味还真的不一样啊！"

"那还想吃吗？"我笑着问。

姐姐顿了顿，略略迟疑了一下："我买的最多，吃了一个月。刚吃完没多久，可以稍微缓一缓再说。下次我们再一起去那个村里摘圆白菜。"

说完，我们俩对视一眼，想起在地里摘了堆满整车的圆白菜的场景，心领神会地笑了起来。

我以为姐姐忘了这事儿了，可就在我写这篇文章的前些天，我正好又和两位姐姐聚在一起喝茶聊天，聊着聊着，话题就跑偏了，从国家大事偏向家里的油盐酱醋吃喝喝喝了。说到吃，那位姐姐突然就旧事重提："对了，我们什么时候去崇礼的马驹沟村摘圆白菜啊？我要再摘一车回来！"

"好啊！"另一位姐姐立刻举双手附和，"山里的圆白菜真的好吃，我们一起去。"

我："？！"

崇礼莜面的民间故事

崇礼市委宣传部出过一本书，叫《画说崇礼》，里面就是用动画和民间传说的方式，讲了很多关于崇礼的地方人文故事，很好看。我就把其中关于崇礼莜面的传说抄录在这里了，也真的很推荐这本书。

············

提起崇礼的莜面，还有一个跟桦皮岭有关的神话故事。

崇礼是张家口大境门外的"口外"地区，桦皮岭是这里的最高峰，峰高岭阔，是最寒冷的地方。很早以前，这里什么庄稼都种不出来，人们只能靠狩猎和放牧度日。如果想吃点五谷杂粮，村民还得赶上牛车，拉上牛羊肉到"口里"换。如果在换粮路

上遇到白毛风雪，人很容易被冻伤，甚至有冻死的危险。

桦皮岭脚下，有一位姓郝的青年，家里排行老二，人称"黑二小"。他心地善良，眼看着乡亲们缺粮的苦日子，心疼极了，便想上天找玉皇大帝乞求粮种。

说干就干！他请当地山神帮忙，腾云驾雾来到天庭，向玉皇大帝禀报了自己的想法。

玉皇大帝一听就坐不住了，立马传五谷杂粮大臣上殿，大声询问众臣："尔等谁愿去口外扎根落户，救济百姓？"

大头水稻很不情愿地上前一步，说："口外天寒又缺水，像我这样的水稻作物，去那儿冻不死也得渴死，我还是适合生长在温暖的水乡。"说着弯腰向后退了几步。

站在一旁的谷子一副深表遗憾的样子，说道："禀玉帝，臣可是打心眼儿里同情口外的百姓。可是，那里常年刮大风，您瞧我这小身子板儿，头大脚轻的，等秋后成熟的时候，一场大风就会刮得我颗粒无收啊！"

高粱也在一旁摇头晃脑地应声道："就是就是，您别看我长得高大结实，也不怕旱，但我怕冷啊……"

其他粮食作物面面相觑，谁也不吭声。

看大家都缩头缩脑，小个头儿的莜麦站出来大声说道："回禀玉帝，臣愿去口外！"说着挺了挺腰杆，环视一下四周。

玉帝很高兴，旁边的黑二小也露出了感激的笑容。

"何日动身？"莜麦精神振奋，问道。

玉帝看向黑二小，问道："黑二小，你说什么时候走合适？"

黑二小低头盘算了一下，说："回禀玉帝，谷雨时节吧，让莜麦到口外稍作歇息，赶上立夏时节便可开犁下种了。"

玉帝点点头，一旁的莜麦坚定地说："好！谷雨时节我准时赶到！"

谁料，天有不测风云。眼看到了种地时节，崇礼桦皮岭仍然大雪封山，莜麦动不了身，连忙向玉帝禀报。玉帝将一捋胡子说："此事朕有办法！蟠桃园刚酿好一种烧酒，只要喝一口，就能暖身百年。你带一大坛烧酒去吧，冷了就喝几口，保你身暖气壮。"

莜麦对玉帝千恩万谢，离开了天庭。他抱起酒坛一气喝了二斤多，立马满脸通红。他紧了紧衣带，迈开大步，驾着祥云来到了口外。

莜麦虽然有酒暖身扛过了冻和霜，但是耳朵却被冻得又痛又痒。

黑二小见莜麦冻了耳朵，很不是滋味，于是，回村与对象兰花姑娘说了此事。兰花说："这事好办，咱口外羊毛多，我给他织两个毛套套，套在耳朵上，一定冻不着！"

"好主意！"黑二小高兴地说。

第二天，黑二小将毛套套戴在莜麦的

耳朵上，莜麦的耳朵立马暖和起来了。

扛过了霜冻，莜麦顺利地在口外生根开花。同时，他也有了一个特殊的标志，就是比别的庄稼多了一对毛耳朵。不信你拿一个莜麦翎子剥开看，里面的籽粒上都沾有细毛毛，那全是毛耳朵套子变的呀！

这年秋天，莜麦大丰收，口外的老百姓都笑逐颜开。

于是，莜麦成了崇礼的主要农作物，而崇礼的农民也有了一个流传千年的风俗习惯：在春天种莜麦时，他们要往麦种里拌烧酒，为其壮身御寒。秋天打场时，他们在脖子上缠块布，防止莜麦毛子钻进衣服里刺痒人。

千百年来，莜麦磨成的莜面，是当地人民最喜爱的美食。如今，随着崇礼的知名度日益高涨，崇礼的莜面也走进大都市，甚至还漂洋过海，走进异国他乡，逐渐成了世界的莜面。

…………

真的很久没有听过这样纯粹又好听的民间传说了。

09

太阳下的
舞蹈、音乐、
咖啡和格桑花

崇礼已万事俱备，

准备向世界展示它

最美好的一面，

而那些我曾陪它

一起经历的过往，

却不可磨灭地

藏在我心里。

先解释一下为什么是太阳下的舞蹈。

其实我也不知道我现在给出的这个讲法对不对。太舞的哥哥姐姐弟弟妹妹们看见了，要是觉得不对，勿喷，一笑而过。

"太阳下的舞蹈"是太舞滑雪小镇的齐总给我的解答。齐总说的时候，表情莫测高深，亦真亦幻地笑着，一副信不信由你的模样。所以我一直存疑，半信半疑。

"为什么叫太舞？"第一次跟朋友去太舞的时候，我觉得这个滑雪小镇的名字有一种好洋气的文艺范儿，心想，难道是从太子城村这个地名典故演绎过来的？难道是"太子在跳舞"的意思？

我胡思乱想，吃饭的时候就忍不住询问齐总。"太阳下的舞蹈。"齐总如是回答。

解答太美，所以我就毫不犹豫选择相信。不管是太子在跳舞还是太阳下的舞蹈，都能完美表达太舞滑雪小镇和整个崇礼滑雪场的另一种唯美的意境。如果我们把凌空一跃飞驰而下的滑雪运动比喻成运动的舞蹈，可不就是太阳下的舞蹈嘛。

太舞滑雪小镇在太子城村。就直线距离来说，太舞真的是离奥运村和比赛场馆，还有太子城高铁站最近的滑雪场。地理位置得天独厚，不得不赞。但前两年我最开始去的时候，因为大量的工程和道路建设，它也是最难到达的滑雪场之一。

说到这里，我总是会想起2020年的夏天，那场席卷全球的新冠疫情爆发后的第一个暑假。经过半年多的沉寂和煎熬，崇礼的所有滑雪场也和全国的众多企业一样，经历了跌入谷底后艰难地复苏。疫情从春节前开始爆发，武汉封城，各地严管严控，本该人流最旺盛的寒假雪季，却迎来了比寒冬还要冰冷，最空旷寂寥的一个雪季。所有的雪场都响应国家号召，把客人订好的一整个春节的雪票和酒店客房全部退订，损失巨大。所以，当夏季来临，疫情管控成效显著，大众的生活和工作又开始慢慢恢复正常时，自救，企业的生存发展，就成了崇礼每个滑雪场和当地政府都必须要

考虑的首要问题。

太舞滑雪场就在那个夏天，申请举办了"迷笛音乐节"。参加过迷笛音乐节的人都知道，这是很有名的一场户外音乐节，兼具时尚、潮流。崇礼远离大城市，夏天户外空气清新，风景优美，正是举办户外活动的好地方。用一场大型音乐节来把崇礼沉迷的状态激活，通过更多年轻人的现场参与，让他们了解滑雪运动，推广冬奥品牌，是一个不错的想法。

经过努力，太舞迷笛音乐节如期举行，周末两场。我拿到了两张友情赠送票，正在犹豫我这个年龄段的人是不是也要去追这个时髦，疯狂一把时，我的一位在广州的90后小朋友知道了，她上网一搜，正好音乐节中有一支她非常喜欢的乐队，立刻

就决定要飞过来去看。她说："丹姐你陪我一起去啊，我还没去过崇礼呢，正好去看看举办冬奥会的地方。认个地儿，以后我也过来学滑雪。"

我无法也不能拒绝小朋友的热爱和激情。我们就约定那个周末的一早，她坐最早的航班从广州飞来北京，我去机场接她后直奔崇礼。

航班很准时，落地的时候是上午十一点。绕开北京主城区路直接从外环上高速，也不堵。那时候京礼高速也通了，正常情况下到达崇礼的时间不会超过下午三点。小美女车开得又稳又快。她没走过著名的京藏高速，看看时间足够，就自作主张将车驶向了京藏高速的道。

她说要多看看北方的山。

很顺利，我们到达崇礼区的时间是下午三点半。两个人换着开，一点儿也不累，所以我们下了崇礼区的高速后就往太子城村的太舞开。

距离只有三十公里左右，就算在修路，平时最多四十分钟也就开到了。但是那天，我们足足开了六个小时。开到离太舞的音乐节草坪最后两公里的时候，眼看小美女喜欢的那支乐队按照演出顺序就要压轴出场了，专程飞来给偶像乐队捧场的小美女决定弃车，也弃了我，跟随一大群和她一样，正弃车徒步走向音乐节的少男少女一起，在"崎岖"的道路上，也看不出到底哪条

道才是正确的行进路线中前行，到处都停满了被弃的密密麻麻的车辆。

那是我去太舞花了最长时间的一次。

太多人来看迷笛，看冬奥场地了。始料未及，以至于正在施工的奥运工地的大型工程车和蜂拥而来参加音乐节的小车们，将所有的路堵得满满当当，所有的车都越开越慢。

太舞是离奥运村和高铁站最近的雪场，可想而知那场盛"堵"了。

我在车上坚守，一直到车流渐渐疏通后才把车开到了太舞。

后来很长一段时间我都在回想这场盛"堵"。也许，有的时候，有些不够完美的事情换个角度去想，它让人记忆深刻的点会更多，会更难以忘怀。音乐节能顺利举行是好事，但因为艰难，因为经历艰难并要克服艰难，它给到人的感动反而是无以言说的。

在工程建设那样紧张的情形下，当地政府和企业需要多大的勇气和担当，才能决定来做这场音乐节！它是在寒冬过后促使企业复苏的序曲，也坚定那个夏季人们依然在和病毒抗争的决心。

那场音乐节的举办，比音乐节本身意义更为重大。

一年又过去了，再来到太舞，道路宽阔平整，绿树拔地而起，草木茂盛。崇礼已万事俱备，准备向世界展示它最美好的一面，而那些我陪它一起经历的过往，却不可磨灭地藏在我心里。

穿过陌生又熟悉的路，前面山脚下就是太舞滑雪小镇了。远远望去，雪道从迎面的山顶逶迤而下，半山腰上太舞巨大的中英文 logo 广告牌十分夺目。雪道下面是一个小镇，木质的屋顶，色彩鲜艳的墙面，

欧式风格明显的建筑群落。太舞整个小镇，就是一个欧洲滑雪小镇的完美复刻。

甚至包括小镇里的星巴克咖啡，和冬日里的雪地冰啤酒酒吧。

站在太舞小镇的街道上，很多时候我都会有穿越到了北欧某个被大雪掩映的小镇的感觉。

只不过，唯一不同的可能是驶上通向小镇的道路后，路右旁那片鲜艳的格桑花吧。那一整片地，种满了格桑花，郁郁芬芳，浅紫色的小花成片相连，在山谷的微风中摇摆。草原上的小风情和欧式小镇的明艳，不知不觉融合在了一起。

也会让人再度穿越回来，并惊醒：这是在中国北方的大山里啊。

那些小风情，那片盛开的小野花，装点过我来崇礼每一次旅途劳顿后的小欣喜。当所有的道路和绿化都完美后，那些格桑花还在太舞的道路旁盛放吗？希望它们一直都在，一直都有一块土地留给它们生长，每一季都有着属于它们的灿烂。

讲完太阳下的舞蹈、音乐和格桑花，最后再捧一杯"星巴克"吧。

据我所知，此时此刻，崇礼几乎所有的滑雪场都有了星巴克、COSTA、肯德基和麦当劳，等等。城里人为了滑雪去到村里，却依然无法放弃的熟悉的生活元素和口味菜肴。当时，我真的是第一次在那样偏远的山里喝到了一杯"星巴克"。

我惊喜万分。真的不是我有多喜欢喝咖啡，也不见得星巴克的咖啡有多好喝。但是在一个陌生遥远的雪山脚下，在一个滑雪小镇上，突然就碰到了一杯平时在高楼林立的城市街道旁特别熟悉的温暖，和那份咖啡氤氲的香气，瞬间就满足了我作为一个伪小资的所有矫情与格调。

会不会滑雪不重要，重要的是我要坐在能看见铺满积雪的雪道和滑雪者飞跃而下身影的玻璃窗外。是的，没错，这时就要坐在咖啡厅的室外。裹着厚实保暖的羽绒服，在零下二十几摄氏度凛冽的寒风中，捧一杯热热的拿铁，让极致的寒冷和运动

的激情，在一杯咖啡的温度中融化并荡漾开来。

我莫名觉得，热咖啡在冰天雪地中才算找到了它的知音。咖啡和雪场应该是标配才对。

不对，后来我才知道，除了咖啡，雪场标配的还应该有更重要的一种饮品，那就是冰啤酒。

是撒野还是摔跤

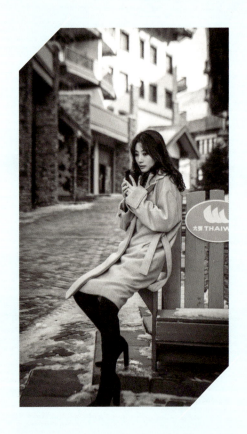

种。就是摔跤，走着路，就结结实实摔在雪路上。摔得我第二天一早起来才发现，头天摔在雪地上的牛仔裤的右膝盖处，已经被雪融了一块怎么洗也消除不了的印渍，眼看要破洞的样子。

那天晚上我喝了酒。

是在太舞小镇中心圆形转盘旁的一家小餐厅里。

那天晚上有两位山东的好朋友来崇礼。他们曾经跟着我的书去过海南的博鳌和龙楼，也在"海的故事"和"云卷云舒"面海而立，喝过酒，享受过渔村日落晨起的风光。所以，当我开始游走崇礼时，两位好朋友又等不及地赶过来，要先目睹并体验一把我在朋友圈里嚷嚷的各种崇礼景色了。

他们从济南上火车，到北京南站，再从南站坐车来到崇礼。

路上花的时间不少，但他们只能在崇礼住一个晚上，第二天上午十点，又要以同路程、同样时间赶回济南去。

那是秋末冬初，凉而未冷的季节。因为

先穿插一件自己的糗事。如果我没有记错，我人生中在雪地里摔得让人印象深刻的第一跤，是在崇礼。而且还不是在滑雪的雪场，也不是歌里唱的痛快地在雪地里撒野那

我之前总是会略带夸张地告诉我的朋友们，崇礼是一个每年差不多一半的时间都在下雪的地方，所以，朋友从济南出发前，也开始嚷嚷着问正在崇礼等他们过来的我："秋天都快结束了，崇礼是不是要下雪了啊？你说那边已经很冷，那我们过来能不能看见崇礼的雪？"

夸张过头了。我看了看晴朗又清凉的崇礼天空，好像没有要下雪的迹象呢。但我也知道，山东过来的朋友是多么想看见一场大雪落下来的崇礼。

这样的第一眼，才是他们最想要的崇礼印象，也是我最希望我的朋友们不辞辛苦过来后看到的第一眼的崇礼。

心念所动，所以当时我的回答是："能啊，心想事成，没准儿你们快到崇礼的时候，

太子城就会下一场雪来迎接你们。"

他们就这么玩笑似的一提，我也就那么暗暗祈祷地一说。

不过，我最后嘴一溜，又顺着给了他们一个承诺："你们这么远过来，要是下雪了，我就陪着你们喝得不醉不归。"

承诺许下了，就很巧，那天天快暗下来前，太子城的气温越降越低。等我那两位山东朋友到达太舞小镇跟我会合的时候，我带着他们在小镇街道渐次亮起来的那些雪花状的路灯下走过，山里骤降的温度让他们发现，本以为已经穿得足够多的外套却不够厚。

一位朋友拉紧外套的帽子，瑟缩道："你真没说错，崇礼和城里，真是两样温度，两个天地。这里真是一夜山风即入冬啊！"

我还没来得及搭话，另一位朋友站在前

方三岔路口的圆形小转盘处，正若有所思地看着渐渐暗下来的天空，忽然惊喜地说道："你们快看，是下雪了吗？"

我们一起望过去，只见在明暗交错的路灯光影中，一片片雪花正从忽明忽暗的夜空中轻轻地飘落。那些从天而降的雪花悄无声息、轻如蝉翼，和小镇街道上的雪花状路灯真假莫辨，幻化出一道如梦境一样奇妙的场景。

是下雪了！

崇礼的第一场雪真真正正地开始下了。

我欣喜万分地仰起了脸，让那些飘飘荡荡的雪花尽情落在我脸上，我把两只手臂都使劲儿张开了伸向空中，想要让那些柔软轻薄的每一片雪花都坠入我的掌心中。

这是一场心想事成猝不及防的初雪。

崇礼山里的雪，是能听见我们远道而来的客人的心愿吗？就这样突如其来地满足我给好朋友们许的看雪的愿望吗？

雪越下越大。雪下下来的时候反而不冷了。

那天晚上，我和我的两位好朋友就在太舞小镇中心那个小小的转盘旁，选了一家小小的餐厅，挑了一个能清清楚楚看见外面街道上飘雪的窗边，温酒赏雪。在如愿而至的雪景下，心满意足，找不到任何借口，也根本不想找任何借口，一杯接一杯，放肆地让自己喝了个够。

那天的雪，一直下到小餐厅打烊，我们走出餐厅还没有要停的意思。小镇的街道路面和屋顶上都已是厚厚的雪，银白色的雪光把远处的山影和眼前的小镇都紧紧包裹起来，就像一个和雪有关的秘密花园。我和朋友都醉了，朋友开始在雪地里高一声低一声扯着嗓子唱歌，我似醉非醉一脚踩下去，软软的，滑滑的，也不知道是腿软还是雪软，我就很开心地在那片雪地上快快活活摔了一跤。

据我那两位尚留一丝清醒的朋友第二天早上起来补充细节，我当真是结结实实朝前扑到雪地里去的。他们后来一直戏笑："你扑到雪地里去的姿势像拥抱。"

那，到底是摔跤，还是撒野？！

**美国大男孩在
太舞精酿工场**

工作的快乐有时候就是

酿出一杯

获得认可的纯酿啤酒，

而生活的美好

也不过是和心爱的人

在一处风景优美的地方

分享四季三餐。

　　我以为，一个不会滑雪的人，在那样冰天雪地里的冷，是一杯咖啡可以融化的，但其实，滑雪者从天而降产生的热能，却是需要一大杯冰啤酒才能够平衡的。

　　所以太舞雪道的下面除了有星巴克，还有太舞精酿工场。

　　是一间还很有调性的雪地酒吧。

　　那是我最喜欢的太舞的地方之一。那里的啤酒崇礼拉格和番薯条，也是我每次去必点的，而且百吃百喝都不厌。曾经有一个冬天，我和我的伙伴们被困在了太子城村，没有人进，也严格限制人出去，我们就住在太舞。疫情之下，酒店几乎全部停业，太舞小镇上往日热闹的商店也都关着门，星巴克也关了。那个冬天崇礼下了一场又一场的大雪，没有人能进来，大雪覆盖的雪道上的雪再好，也只有剩下的本地员工兴趣索然地上去滑雪练习。一是没有客人，的确没什么事可做；另外一方面，有些人在滑雪场的雪道上滑着，至少可以让本已经寂寥的小镇多一些生气。

一切似乎都停顿了，但太舞精酿工场却一直都开着。它一直都坚持着。我好像就是那个时候习惯了在百无聊赖的雪季，去精酿工场点一份番薯条，喝一杯啤酒，再透过巨大的玻璃窗，望着外面白雪如画的雪道和雪山。

它的开门，成为支撑我在那个冬季能坚持下来的一种信仰。

那时候，似乎每个人都很迷茫，不知道这场突如其来的疫情什么时候才能结束，又究竟会给这里的一切带来什么样的冲击。

往日只要旺季或周末，总是人声鼎沸热热闹闹的酒吧在那个冬天极其冷清，冷清到员工也就只有三两个。我注意了一下，平时经常能见到的那个身材健硕的外国男孩还在。再冷的冬天，他都穿着短袖，围着员工的工作服围兜，在吧台前忙里忙外。我看向他时，他会朝我微微一笑，很安静。

来得多了，我自然知道他是这家啤酒店的酿酒师，美国人，来中国好几年了，之前在北京的南锣鼓巷和朋友开了间啤酒馆，后来，就来了崇礼太舞的这家啤酒店

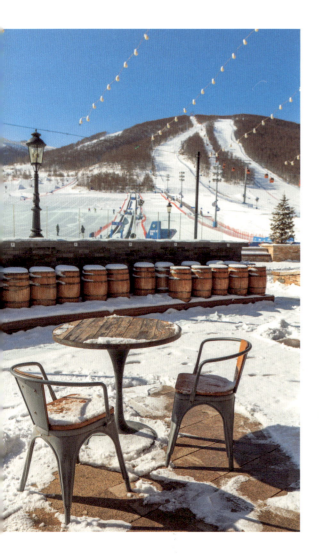

做酿酒师。

那天下着很大的雪，店里也只有我一个人坐在那里看雪落，一根一根扒拉着番薯条吃。我就突然起了兴致，想跟这位会酿酒的美国大男孩聊聊天。聊聊他来崇礼前后的故事。我很好奇，他是因为喜欢滑雪才跑来这里工作的，还是也要来参与这

场奥运的盛事？

我知道他的名字。我再看过去，举起手中的啤酒杯轻轻晃了晃，对他打招呼道："Henry，有没有空过来坐坐，一起聊会儿天啊？"

他也举起了一只手，弹了下手指，笑着示意 OK。

一会儿，他也拿着一杯啤酒坐到了我的对面。

我笑吟吟地和他碰了个杯，然后喝了一大口啤酒，问他："这崇礼拉格真好喝，是你酿的吗？怎么想到起了这么接地气的一个名字啊？"

Henry 的中文不是特别流畅，说话慢慢的。他说："这个，是用崇礼这里的水酿的啊，酿啤酒的水就决定这款啤酒的口味。这个，是不是很有崇礼本地的味道啊？"

他认真的表情把我看笑了，我连连点头。Henry 又说："我还用这里的南瓜和玉米酿出了南瓜啤酒和玉米啤酒，你下次也可以试一试的。"我吃惊道："这些都可以酿酒吗？那这个番薯条是不是也是用崇礼本地的红薯来炸的？"Henry 道："当然啊！是不是很好吃？比肯德基的薯条好吃很多很多。"我竖起大拇指衷心赞美道："不是一般的好吃。这是山里最正宗的红薯，又香又甜，里面糯外面脆！"听到我的表扬，Henry 开心极了。

我开始了我充满好奇的访谈："Henry，

你怎么会想到来这里啊？这里偏远，平时生活不热闹，也不方便。你是特别喜欢滑雪吗？"

酿酒师 Henry 点了点头，又摇了摇头。他用不太流畅的中文告诉了我出人意料的答案。

Henry 说："我会滑一点点雪，但没有特别喜欢。我来崇礼的原因是因为我的妻子是河北人，她说要回家乡来，这里有冬奥会，会修很多很大很漂亮的滑雪场，会有很多工作和发展的机会。我们就一起回来了。正好我会酿啤酒，就来了这里的太舞精酿工场。在国外的每一个滑雪场，都是有啤酒馆的。滑雪的人会释放热量，他们滑完雪后往往最想喝的，就是一杯正宗的啤酒，而且最好是冰的。啤酒文化和滑雪运动好像总是密不可分的。我想把这种生活方式更多一点带到中国的雪场来。"

他回答出这么一长串中国话来，差点儿把我惊住了。

我接着问："那你的太太呢？也在这里？"

Henry 摇摇头："她在崇礼区里。她在那边有工作，我们的家在那里。我每天下班以后回家去啊。

"我在这里工作很开心啊。这里空气好,景色漂亮。有淡季,也有旺季。很多人来滑雪,也有很多人来旅游。他们滑完雪后来喝酒,都说我的啤酒酿得很好,我就更开心了。"

Henry 的满足和自豪是真心的,也是简单而纯粹的。他那不是太流利的中文表达,反而让我明白了一个特别真实的道理:工作的快乐有时候就是酿出一杯获得认可的纯酿啤酒,而生活的美好也不过是和心爱的人在一处风景优美的地方分享四季三餐。

Henry 还不满三十岁。他在北京和一位中国女孩相识,稳稳当当谈了三年恋爱,稳稳当当做他喜欢的工作;又入乡随俗按照中国的风俗"嫁鸡随鸡嫁狗随狗",入赘成了中国女婿,跟着自己的爱人,稳稳当当来到中国河北的乡村。

有的时候,内心越简单,幸福就越靠近。

我想,这也是 Henry 能把酿酒工作和枯燥的生活,打磨成一份有仪式感的艺术品的原因吧。他的乐趣来自他的认真。

杯中的崇礼拉格一饮而尽,味道醇厚纯正。想了想,我又问了 Henry 一个很官方的问题:"你怎么看崇礼冬奥会的意义?"

Henry 看着我喝得干干净净的啤酒杯,

一丝开心的笑意微扬在他唇边，他思索片刻，很认真地回答我："我觉得，运动和艺术一样，是没有国界的。崇礼冬奥就是这样把不同国家的人融合在一起。"

我同意。这才是一场世界性运动赛事真正的意义。

临走前，我又问 Henry："那你看好崇礼的滑雪产业吗？我的意思是奥运会以后的发展。"

Henry 连连点头："当然当然。我非常看好。以后肯定会有很多很多人来崇礼滑雪的。冬奥会过后，一定会有更多人知道，中国还有这么好的滑雪场。"

"一切困难都会过去的。"Henry 看着窗外漫天飞舞的雪花，轻轻说道。

我也点了点头，最后说了一句："所以太舞精酿工场会一直开着，你会一直在店里待着，一直开着你的酿酒机，哪怕一个客人都没有。"

"是的。"Henry 点头道。他说话时的目光很纯净。

我想起在一本书上看到的文字：有时寒冷，反而给人安宁。无尽的自然里，永远有山的眼睛在注视。

我加了 Henry 的微信，但是我们一直没再联系。直到有一天晚上，我正开车行进在北京的环路上，手机屏一亮，我一看，是个有点陌生的微信号。打开，点进去，原来是久未联系的 Henry。他发中文字句给

我。他在微信里写道："姐姐，我在电台上听到你写的书了，你的书很好听。你会写崇礼吗？崇礼现在开始下雪了，你会再到崇礼来吗？"

我放下手机，望向夜空。望向那个已经在飘雪的远山的方向。

不用犹豫，我当然会再去崇礼。

看见美丽的雪道

推荐一下，其实崇礼每一个滑雪场的雪道都非常漂亮，这也是我作为一个完全不会滑雪的人也喜欢一而再再而三去崇礼的原因之一。看雪，看雪景，看雪山上的滑雪道，看雪道上一身雪服呼啸而下凌空而至的帅哥美女们，是我去雪场的另一可以言说的秘密。

尤其后面这个乐趣，是我在太舞精酿工场时最乐在其中的。所以我每次去，都会刻意坐在一楼靠窗并朝向雪道的那个位置。太舞精酿工场离雪道不远，端一杯啤酒，在温暖的屋里，看着帅哥美女们从天而降般在前方的雪道上旋转、滑落、停住，完全就是一幅冬日里美妙的动感画面。

这也是不会滑雪的人很乐在其中的一份享受了。

我每次都会带朋友去坐这样的位置，希望能和他们共享这样的小秘密。有一次，和两位山东过来的朋友上了太舞精酿工场的二楼。那天天已经暗了，雪场已经收了，但主雪道上两侧的灯正好都亮了起来，蓝色的灯带，顺着长长的雪道逶迤闪烁。从二楼正对着的窗户看出去，天空里的星光和山坡上的点点灯光交相辉映，夜色优雅，心旷神怡。

"好漂亮！"第一次来的朋友忍不住赞道。

无论白天黑夜，让每一个走进崇礼的人看见漂亮的雪道，仿佛一种神秘而神圣的召唤。

11

雪落太子城
情困雪麓居

凡是过往，皆为序章。

一切曾经，终将盛放。

雪崩的时候，没有一片雪花是无辜的。

写下这个题目的时候，在我脑海里首先回旋起的，就是这句很多人熟知的谚语。

它会让我再次记起 2020 年 3 月那场让人刻骨铭心的大雪，和在雪中消融的人生惆怅，以及我们挺过寒冬后的绽放。

有些事情不得不反复提起。2020 年初开始，我和所有人一样，驻足在家，工作停顿，除了窝在沙发上追剧，就是拾起久未动过的锅勺，做一盘又一盘五味杂陈的各色菜式，晒在朋友圈中，再无聊地数着有多少朋友点赞。在没有工作和人与人正常来往的冬日，朋友圈的一条小信息，也是一种无声的交流，和彼此都在的鼓励吧。

我是在朋友圈偶然看到崇礼大雪的照片的。我当时心念一动，想起自己和团队曾约定过要拍崇礼四季景色的事，再看看图片上太子城村那几个雪场朋友晒出来的漫山遍野的雪景，我被诱惑了。

鬼使神差，我查了一下，那个时候还能出京。我想了想，先给崇礼的朋友打了电话，问能不能进雪场。朋友说，原则上不鼓励，但如果行程码是绿色的，也没有去过疫情重灾区，还是可以申请进来，但是要报备。

那漫天飞舞的雪花给了我解决一切困难的勇气。我按照网上的要求申请报批，然后给远在海南的摄影团队打电话，告诉他们，我先去崇礼探路，如果情况还好，雪够大，那他们就要和拍摄雪景的演员小

伙伴们时刻准备好，直飞张家口转来崇礼。

我们真的不想错过崇礼的每一个季节。

尤其是下着大雪的冬天。

很顺利，我的申请很快就通过了。出发前，一个好朋友打电话来，说他最近很苦恼，遇到了一些人生无法解决的难题，想找个朋友聊会儿天。我想了想，就对他建议道："我要出一趟门，如果你们单位也是在延长春节假期，不如跟我一起出门吧。我们换个环境，去山里聊天。"

"山里？"朋友怔住，有点不明白。

"是的。"我微笑着解释，"去一个正在下大雪的大山里。很少的人，很静的雪。

很安全。"

"好。"朋友没有犹豫。

一切准备好后，我们一起开车前往太子城村。

车临近崇礼城区的时候，车窗外就有雪花在纷纷扬扬地迎面飘来，越靠近，雪花越大。纷扬的雪花和被白雪静静覆盖的群山，在车辆稀少的高速上，营造出一种空旷的清冷。那份清冷，让人觉得说什么糟心事都是对这片白色的一种污染，也让人觉得，什么糟心事或许都可以暂时不说了。

朋友沉默着，被眼前的景象和氛围感染，一路上什么话都没说，只将目光一直望向远方。我也没有说话。在真正的悲伤面前，任何语言的劝慰都是苍白无力的。

车行进在漫天飞舞着雪花的高速路上，

车厢内，只有悠悠的歌声在轻扬回旋。

我们来到太舞，入住提前定好的仅在营业的几家酒店中的一家。第一次到崇礼太子城冬奥场地，尽管看得出来随我同行的这位朋友心事重重，但眼前富有欧洲情调的太舞小镇，和在城里很少能见到的大山大雪，还是似乎让他暂时放下了那份沉重的忧虑。

放好行李，我们从酒店出来，站在酒店大门外一处没入脚踝的积雪中，在冰冰冷冷的寒风中呼了口热气。我看了看他，在等他说话。

朋友沉思了一会儿，说道："这里很好，很安静。我自己先转转。你不用管我，忙你的事情去。晚上我们再一起吃饭吧。"

我点点头。

人生过不去的难题不过三样：事业、情感、健康。第三样他不存在，如果有，那也只能选择坚强并顺应天命。既然和身体健康无关，那前面两样，最后的解决方案，也只有靠自己。自己熬过那些黑暗，才能度过生命的劫难。而作为朋友，唯一能做的，就是在他需要的时候倾听，并给予恰到好处的陪伴与劝慰。

而换一个完全不同的场景，让自己置身于全然陌生的环境和物事中，用新鲜的刺激与变化，来打破固化的思维，打开故步自封的眼界，有时候，这比朋友的陪伴劝解更有用。

不然，为什么失恋失志的人都愿意去西藏。那种刻骨铭心的感受，大自然那份压倒一切人类和城市气息的威严凛冽，绝对是可以彻底转变一个人的思想的。这也是我约他出来的原因。自然的力量，是可以让人重生的。

如果还不够，那就建议再去一次。再度出发。去寻找能让身体感到疼痛，能刺痛内心并拂拭痛苦的最原始的力量。

很幸运，崇礼的雪一直在下。这里的冷和寂寥，也足以让人重新换位思考。而太子城村距离城区几十公里，山里的雪下得更大，温度更低。山上和小镇上的雪厚实到是我来北方后遇到的最大的一次。

朋友摆了摆头，双手插在羽绒服的口袋里，背转过身，在雪地中踽踽而行。他的身影很快消失在远处茫茫的雪花中。

我转身回到酒店温暖的大堂内，开始安排布置我要面临的一系列工作。

如此难得而盛大的雪景，我当然要尽全力用我的影像故事来记录。

我立刻通知整装待发的团队伙伴们，让他们全部按照要求在网上申请报批，通过后，各自按最优路线来崇礼会合。这个

猝不及防漫长的春节假期，把每个回家过年的小伙伴都定在了四面八方的老家不能动弹，要赶来崇礼会合，在这样的情形下，还真不是件容易的事。

但他们每个人都是一口答应。幸运的是，他们都顺利通过了严格的申请报备。

是不是有时候，上天都会为奋不顾身的信念和执着，温情地网开一面？

在得到所有伙伴都能前来的消息的那一刻，我双手合十，面朝雪山，虔诚地拜了一拜。

感谢崇礼。感谢太子城村。感谢 2020 年 3 月的这场大雪。

小伙伴们如约而至。在这样的地方再度相见，大家伙儿喜忧参半，但的确每个人都有了恍如隔世的幸福感重生感。我们给予对方的见面礼，都是不遗余力的一个大大的拥抱。

我们要给崇礼拍一个故事。用图片。我们要拍雪、山、温暖的兄弟情、竞争的运动对手、雪影中踽踽独行并停留的少女、被大雪层层叠叠压着的树木和静候客人的小镇风光。

崇礼的故事，一定要用唯美的雪铺开

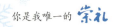

来讲述。

这是我们要献给崇礼的赞歌。

摄影师们开始行动：凌晨起床，夜深归来，冒雪而行，踏遍所有邻近的山，力争找到我们眼睛里崇礼雪景中的美。因为一切不可预测，所以我们最开始的计划是希望整个拍摄在一周内安全完成。

拍摄很顺利，我也忙得忘了随行朋友的烦恼。有时候忙里偷闲问他，他总是让我不用管他，他说，他一个人待着很好。雪好大，山好静，小镇好美，人生难得有缘身处这样的境地，是幸运。他说他会自

己先好好想想。

有时候，我们在小镇街巷的雪道上迎面相遇，他远远对我挥挥手，我看见雪光反射中他的面容，似乎有了一丝暖意。

"等他把自己的痛苦消化得差不多了，等我忙完这几天，我再约他，再听听烦恼着他的事情吧。"我给自己找了借口。

但是事情很快有了变化。还没等我们完成预计好的拍摄任务，整个崇礼就因为新一波的疫情管控开始严禁出入了。正拍到一半的我们在那一刻面临一个重要选择：要么立刻离开，要么就地不动。而选择原地不动，

虽然可以继续完成我们的拍摄，但也有可能会让我们这一群人困在这里，就在这个小镇的范围内，留下来，不确定多久才能重新解禁，得以离开回家。

我们选择了留下。

我们整个团队从彻底关闭的酒店，撤到了太舞剩下的员工们集中住宿的公寓雪麓居，继续我们的工作。

雪更大了。有时候，黄昏和清晨，我站在雪麓居阳台上眺望不远处连绵起伏的群山，一场又一场的大雪，用通透的白，铺天盖地地染尽目之所及的景色。铺天盖地地，用柔软的雪，把我们能看见的世界，紧紧地包裹了起来。

就像一个被冰雪隔绝出的桃源。

里面盛开的是极致寒冷中的花。

和我一起从北京过来的朋友也选择了留下。几天下来，他似乎在这远离城市的山村，在雪无边无际落下的小镇，找到了可以让内心平复的空间。

那天早上，我们在相邻的阳台上刚好看见都早起的彼此，打了个招呼，我问他："要不要过来一起聊聊？"

的确，雪麓居公寓阳台的风景虽好，但已经将近零下三十摄氏度的温度，只适合早上起来的时候打开阳台门，深吸一口雪中的空气，并不适合聊天谈心。

朋友迟疑了一下，说道："要是不介

意，你去多披一件厚一点的外套，我们在阳台上聊聊？"我很诧异地望着他。顿了顿，朋友又道："你知道吗，我发现一种极致的天气状态，可以让我犹如冰冻着一样清醒。"

我当然知道。这也是我喜欢崇礼下雪季的一个重要原因啊。

经历过太多的四季如春的恒温，让我们都快忘了寒冷是什么样的体感和滋味。

我们在恒定不变的温度里，即将丧失掉抗御严冬的能力。

所以严寒，所以苍茫，才显得如此珍贵和洒脱不羁。

我回屋，穿上长羽绒服，再来到阳台。雪花飘飘洒洒，落在阳台周遭，落在我的发梢眉间，也落了隔壁阳台朋友一身。

朋友没有看我，他的目光是望向远方的。他缓缓说道："你知道吗，在来这里之前的我，一个月之内经历了很多事。最开始，我失去了我付出所有，以为可以得到回报的感情。为那段感情我坚守了四年。用几乎每个星期不辞辛苦的飞行，坚守着我以为我可以坚守如初的这份异地恋情。我把所有都给了对方，包括真心和钱财。但一句'我们并不合适'，她就掐断了所有的联系。人心是可以这样翻云覆雨没有缘由地骤变的吗？！而且，在这样万般无奈的时间段，我连找一个飞过去寻找解答的机会都异常艰难。然后，祸不单行，我

又失去了我赖以生存的工作。你知道吗，作为一个从业多年的金融高管，我是被单位劝退的。换句话说，就是婉转的辞退。这是我工作以来从未有过的事情。于我是灭顶之灾。它带给我的打击不只是失去一份工作，而是足以摧毁我对自己过去现在和未来的全部信心。事业和爱情同时崩塌，给了我人生最致命的打击。我找不到答案，

痛苦到发狂。我只能认为，我就是这个世界上最最倒霉的那个人。命运就是对我不公平了，我能怎么办？"

他很艰难地继续说道："感谢你带我来了这里。这么沉静的山村和小镇，这么冷而美的大自然的另一个侧面，让我想了很多。也许，我还是没有能找到我要的问题的具体答案，但这里的寒冷和沉静，能让我渐渐平静下来，让我在极度的自责和

自我否定中，学会重新审视过往。"

他说："无论对错，都已过去。无论对错，都要重新开始。人生如四季，既然经历了春夏秋的生长与灿烂，就不可避免还要经过冬天的休眠和严寒。万物如此，生命亦如此。"

他接着说："所以，还是要放下过去，重新开始，好好活下去。"

他望着远方，问我："我不知道，你

听懂我想说的话了吗？"

很长很长时间的沉默过后，我想起我是不是应该说点什么。他的故事很懵懂，也很概括，但我并不需要去探究明白内里的是非真相，我知道的，那就是每个人人生旅途中都会有的坎儿。需要悟道，只能熬过。

又过了很久，雪停了，天放晴了。小镇的雪地里有一两个留守的员工出来清扫雪道，清朗的小镇街道上是一览无余的干净雪白。而走过的人的脚印此刻压在那片雪地上，就像是一串让人微微感动、指引方向的箭头。

我答非所问："有的时候，所有'盛大'的冷，都会有温暖的回应的。也许是阳光，也许就是春天。"

朋友的目光转了过来。

二十天后，封禁解除，拍摄也全部完成。

关于那场值得纪念的铺天盖地的太子城的雪，我和我的团队伙伴们用一组放在本书后面的图说的主题故事来描述。夏天来临的时候，我的朋友也从南方给我打来电话，他说："我找到了新的工作。我会在另一个城市重新开始一切。谢谢你带我去过崇礼。"

凡是过往，皆为序章。

一切曾经，终将盛放。

每一片雪花都是无辜的

2020 年 3 月在太舞度过的那二十天，是疫情最反复无常的时段，但也是我印象中崇礼雪下得最美的时段。本来，这个被延长的假期应该正是崇礼几个雪场一年中最好的经营时机，可是，那个冬天的雪场是孤独的。

雪场的酒店几乎都停业了，商铺也大多关着，部分员工被安排回家，留在雪场的仅剩一些重要岗位的员工和高层管理者。

太舞也是。

往日就算不是周末也会人来人往的小镇上空旷安静。一场雪下过，如果在巷道的雪地里有一串踏过的脚印，那串脚印就会一直静静地存在，直到又一场大雪落下来，把它填满，才没了踪迹。

我有时候早上起来，在阳台上看见雪麓居大门口前刚印下的那串清晰的雪中脚印，就想，是齐总晨起去滑雪了吧。

机缘巧合被"困"在了太舞，在雪麓居住得久了，和同住这里的齐总也会经常碰面。第一次碰见，齐总就邀请我早上一起去滑雪，他说："这么好的雪，不滑多可惜啊！明天早点起来吧，早上阳光不晒，空气最清新，滑雪的感觉也是最好的。"面对齐总的邀请，我只有尴尬地摇头："齐总，我不会滑啊。"齐总诧异，睁大了眼道："不会滑雪你怎么能深刻理解滑雪运动的快乐？那就更要学了。你看现在多好，没人来，也就没人跟你抢雪道，雪又好。现在不学什么时候学啊？！"

事实是这样的。只是，听上去有点酸酸的，齐总却说得轻描淡写。说的时候，他的脸上还挂着浅浅的笑意。

那份笑意，依然和我第一次在太舞的三川火锅店见到他时一样。

三川火锅店是太舞生意非常好的一家重庆火锅店，因为味道正宗，每次去吃总是人满，如果不提前订座，那就只有在门口等位。因为我喜辣，崇礼的朋友便带我来吃火锅。第一次去吃的那天，不是周末，也不是假期，但临近雪季，所以还是满了座。带我去火锅店的朋友跟齐总熟悉，正好齐总也在另一桌陪客人，便过来打招呼。朋友端着酒杯开心地调侃了一下齐总："齐总，看看你们这火

锅店的生意，就可以预测一下今年雪季的情景了。正好京礼高速和京张高铁也要开通了，今年冬天可以赚大钱了！"听着我朋友的话，齐总一直笑，浅浅的笑意里是藏不住的满足。

只是此刻，我知道，在齐总的笑容背后，藏着的，是一份深深的苦涩。

万事俱备只欠大雪的雪场，在大雪来临之际先遭遇了另一场突如其来的"雪崩"。作为雪场高层领导，除了需要有面对任何困难甚至绝境都不能有一丝一毫崩溃的心态和神情，还要冷静处理一切事务，承担所有结果。

雪场停业，酒店停业，商铺停业，顾客和雪友们预定的房间、雪票需要退款，员工

的安置工作、雪场的维护善后，以及，如何熬过这场突变的雪季，还有接下来一整年的经营问题。这是崇礼每一个雪场经营者都要面对的问题。他们多年的巨大投入，在这个冬天，要面临更严峻的考验了。

"雪崩"的时候，雪场的每一个经营者都知道，他们不能崩。虽然，他们也是依附在雪山上的那片无辜也无可奈何的雪花。

坚守并坚持熬过，是他们唯一也是必须做出的选择。

所以齐总把苦涩深深地藏在心里，笑容放在脸上，面对着每一位员工和还住在这里的客人。

雪友们来不了，齐总就带领留守下来的员工们自己滑，所以太舞的缆车和雪道一直开着。美其名曰：一、正好大力提升每一个在滑雪场工作的员工的滑雪技术；二、让

每一条雪道在每一个冬天都保存有运动的回应。

齐总每天都滑，每天一早起来就去滑晨雪。作为滑雪菜鸟的我上过很多次雪山顶，但每次都是缆车上又缆车下。上上下下，晃来晃去，却没有一次是滑下来的。找不到解释的理由，就只有惭愧无比。

惭愧多了，有一天齐总再看见我，就不提滑雪的事了。他说有两位他的朋友，买了太舞的房子，每到冬季就早早住到这里，滑一整个雪季，是超级雪友。这个雪季他们也没走，他们约了晚上到他住的地方吃饭喝酒，他邀请我也去。

我答应了。

我很好奇，为滑雪运动而买房子，还住在这里滑一个雪季，这得多么狂热啊！我得去好好了解一下。

那天晚上在齐总家里，我听到了真正热爱滑雪的雪友告诉我他们对于这项运动的痴迷，和滑雪给他们个人生活、身体素质还有思想境界带来的巨大改变。关于这一点，我后面会专门用一篇文章来写，但这里，我想写的是齐总。

和两位好友在一起，齐总放松了不少。窗外远处雪道隐隐的反光下，能看见零零星星飘落的雪花化成冰花状贴住玻璃。屋内，酒过三巡，谈天说地，三位老友都有了醉意。齐总又端起手中酒杯，一饮而尽，忽然苦笑道："冬奥会滑雪比赛在崇礼举办的消息传出后，他们都说我幸运，提前来到这里做滑雪场。太子城高铁站选址的时候，也是奇了，选了离太舞小镇不到两公里的地方，他们又说我是天上掉馅饼被这么大的幸运砸中了。"

齐总放下手中空空的酒杯，又无可奈何地笑道："我就知道，天上掉馅饼这种事不能高兴得太早。你们想想，馅饼掉下来后会掉什么，肯定是平底锅和菜刀啊！所以，每一个好消息的背后一定会伴随一个不太好的状况。享受了好的，就要承受住坏的。这，也许就是世事万物的平衡吧。"

例子举得有点别致，我们几个都笑了，想想又有点酸楚，想安慰一下看上去有点沮丧的齐总，还没想到要怎么开口，齐总又给自己倒上了酒，道："但是坏事情过去后也一定有好消息会来的。我相信。"

山东人齐总并不高大，他精瘦干练，每

次见到他，脸上都保持浅浅的微笑，精神特好。哪怕面对这个冬天突然来临的巨大困境，和不可预知的结果，人前，我都没看到他叹气过，此刻，在老友面前，再坚强的人也终于让自己柔软了下来。

困境之中，放下重负，软弱一次，也不是不可以啊。

雪崩，是遵循了自然界物生物灭的自然规律，但每一片雪花其实也都是无奈而无辜的。它无法控制自己的下落，只能让自己尽量落在最踏实的地方。

12

崇礼小镇上的
那次广场夜行

那天晚上

月光下的崇礼广场,

至今深刻在我脑海。

......

我不会忘记。

崇礼也不会忘记。

　　最开始去崇礼的时候，小镇上那条主干道一直在扩路修路。车开进崇礼区，不是前半段封了一半路，车行缓慢，就是后半段的路中间又竖起了各种警示标志，指示车辆要拐进两侧巷道（不知道哪条小路）绕行的牌。镇上的路很难走，所以我很少在崇礼停，都是费尽心思地穿过重重的工地，直奔太子城村的雪场。

　　那时候京礼高速和京张高铁都还没通，要去太子城村，必须要穿过这条千难万难的城区主干道。我去了太子城村的几个雪场，崇礼区的朋友也会迁就我，有时候我们约吃饭，都会约在太子城村，他们下班后过来找我。

　　后来有一次，再约吃饭的时候，宣传部的美女婷婷问我："曾丹老师，这两天城区这边的路况好一些了，你要不要过这边来吃饭？崇礼也有几个很不错的特色餐厅，你过来尝尝啊，有空也顺便多看

看城区的情况。"

　　她说的有道理，我略加思索，就决定将后面两天的行程转移到崇礼区。我收拾好行李，开车就往崇礼小城去。

　　晚饭是在新建的蓝鲸酒店一楼吃的烧烤自助餐。酒店在城区新城发展的边上，很不错的烧烤。我和婷婷都喝了一点红酒，有了一点恰到好处的酒意。"接下来做什么呢？"我问婷婷，"我们要不要去散下步，正好醒一下酒。你说了要带我去看崇礼城区的变化的。"我笑着请求道。

　　"好啊！"婷婷点头道。

　　想了想，她问我："你看过崇礼区的规划吗？如果没有，我带你去城区广场吧，就在市政府的马路对面。那里可以散步，这几天那里正好在展示整个崇礼的未来规划，我带你去看看。"

　　我和她拍掌相约，一言为定。

　　我们都喝了酒，就叫了一辆车来把我们送到婷婷说的那个城区广场。

　　入秋了，夜晚的崇礼有了很深的凉意。刚一下车，一阵凉风吹来，我不由得打了个冷战。婷婷看了看我，关心道："曾丹老师，你穿少了。崇礼早晚与白天的温差很大，这里夏天最热的时候晚上都不用开空调的，现在入秋了，晚上就会更冷些。"

我点点头。是的，崇礼的夏天真是太凉爽了。

"要回去加件外套吗？"婷婷问我。

我摇了摇头，在广场上轻轻跳了两下，然后笑着跟她说："我们散步，动起来就不冷了。"

婷婷温温柔柔地笑了。

婷婷是崇礼本地人，是在崇礼生、崇礼长、崇礼读书就业，又跟崇礼本地人结婚生子的崇礼姑娘。她在政府部门上班，一直在做宣传方面的工作。当奥运赛事落地崇礼后，用她的话来说，她和崇礼地方政府部门的每个人一样，所做的工作都远远超出个人原来的职能范围。他们所付出的时间和心血，也是成倍成倍地在增加。

用夜以继日、废寝忘食来形容他们的工作压力和强度，一点儿也不夸张。

我去宣传部的时候，曾在他们工作的办公室的隔壁房间，看到过几张简陋的行军床，我问了一下，那是他们加班到凌晨两三点的时候，临时休息用的。夜深回家，吵醒入睡的家人们不忍心，那就在办公室将就一晚。而这样的情况，在这几年来都是常态。

一座被世界性的体育赛事无比幸运地眷顾的山里小城，从很少被人关注，到即将面向全世界，它要承接并承受的改变是巨大的。在这里生活的每个人承受的压力，也是可想而知的。

我曾经好几次在晚上和婷婷通电话时，得知她都还在办公室加着班。我知道她有个在上学的孩子，老公又常年下乡，很少能顾上家里的事，除了父母能搭把手，什么都得靠婷婷自己。"孩子呢？你一直都不用操心他的学习吗？"有时候通着电话，我会心疼关切地问她。婷婷道："不会的。晚上我自己加班的时候，会让他过来跟我一起。我做我的事，他写他的作业，他不懂的地方我就辅导他，忙完后再带他一起回去睡觉。"

婷婷的声音很温柔。我印象里她真的是我认识的最不像北方女子的人。她像南方人，声音像，长相、性格都像。她的身上，找不到崇礼县志和传说中的那种跟边关重塞有关联的剽悍和勇猛，有的都是南方人的温婉细致。但接触多了，我也渐渐发现，在她温柔婉约的外表之下，其实是有着磐石般的强大和执着。

那是北方人骨子里天然传承的坚韧的属性。

夜凉如水的广场，山里的一弯明月将清冷的月光徐徐洒在城区高矮不一的屋顶，和白天喧闹此刻安静的街面上。广场上的灯都熄了，但是借着明亮的月光，还是能很清晰地看见那些围绕广场整整一圈的几

十张规划图展架。它们从头到尾，由始而终地，在用最简约明了的文字和图片，向每一个来到崇礼，愿意了解崇礼的客人，还有身在其中的本地人，讲述着关于崇礼的梦想和未来。

婷婷引着我从一张一张展架前走过。她在每一张展架前停留，认真看那些文字和图片，认真地给我讲解那些简易展架上描绘的不一般的崇礼的明天。她的眼睛里是有光的，她轻柔的声音中充满了情感。

我能真真切切地感受到。

绕着广场走了一圈，最初的丝丝凉意悄然消散了。崇礼当地美女婷婷给我讲述的那些展架上仿佛触手可及的崇礼未来，同样感染了我。我看了看在月光下愈发显得恬静美丽的婷婷，问道："这样超大负荷夜以继日地工作，会不会有时候觉得很辛苦？"婷婷笑了，毫不犹豫地回答我："不会。这是我们崇礼和崇礼人千载难逢的机会。我们只觉得浑身都是干劲儿，一点都不累。这样的机会，对于我们每个崇礼人来说，都是一辈子值得珍惜和感谢的。"

"真的一点都不觉得累。"她顿了顿，又强调道，"如果有梦想，还能亲身参与到实现这个梦想的过程中来，再辛苦都是开心的。"

我可以说在那样的氛围情境下，那样的月光如水、安静宁和的一座山里小城的广场上，听到身旁女子说出这样的话，我

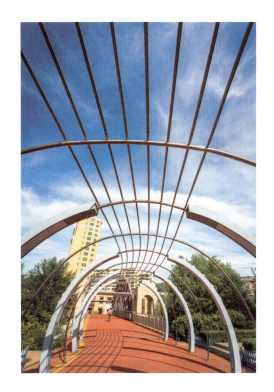

却没有觉出一丝的外交辞令。我听见的，是她和她生长着的那片土地最炽热的心声。

那天晚上月光下的崇礼广场，至今深刻在我脑海。它让我在此后每一次再来到崇礼，再目睹它的每一处每一寸变化，看到它今时今日的灿烂夺目时，都会想起它的每一位建设者为它洒下的汗水与贡献的热忱。

我不会忘记。崇礼也不会忘记。

站在后街集市
和老超市的台阶上

我特别感动。

那天午后的太阳照在后街的台阶上。我偶然闯入后街有烟火气的场景，看见一群土生土长的崇礼居民。他们或蹲着，或站着，正在后街老旧的台阶上，惬意地用我听不太懂的方言，聊着家常，吸着烟斗，眯起双眼，被暖暖的阳光照耀着。在他们那粗糙而略显黝黑的、有点高原红的脸上，泛着舒展开来的笑意，特别自在而又自然。

冬日的阳光那么温暖和煦。他们的姿态那么舒服坦然。

我莫名感动。

这是主干道两旁后街再后街的一条窄窄的小巷。这样的小巷是不太能通车的，就算要开车进来，也是只能勉强单向通行一辆小小的车。少有车行，就显得格外僻静。又因为来往此地的人大多是本地居民，且大多步行而至，就又平添了几分大马路上不常有的人气和烟火气息。

这条后街的两旁，一边是一个很多县城都快要消失了的那种传统集市，另一边是一家那种老式的县城超市。就像我们曾经看到过的那些门口不知哪个角落竖着喇叭，从早到晚，一直不停地重复吆喝着各类打折信息的超市，很接地气那种。超市的门口是一排

高高宽宽的石台阶，很有历史感的石纹隐约可见。那些逛完超市出来，和不打算逛超市只出来遛弯的，还有从对面小农贸集市大包小包满载而归的人，就自然而然聚集在了这排台阶上。都是在这条街上低头不见抬头见的街坊邻居，遇见了，就远远打着招呼，停下脚步，一只脚迈在台阶上，另一只脚搁在台阶下，闲闲地，或站着或蹲着，三言两语，七大姑八大姨地就聊开了。

场面热闹温馨。那些石台阶，此刻就像他们日常串门的各家门槛。

既然像家的门槛了，也有索性一屁股坐在台阶上的，不说话，就眯着眼听，目光随意地打量走过的人，神情自得其乐。

其实崇礼也有从大城市里开过来的新潮超市。比如河边教堂对面新开的永辉超市，那是从北京来的人都知道的超市品牌。有段时间还听说崇礼计划引进台湾 SKP 商场，不知真假。但这种类型的商场超市我们都太熟悉了，熟悉到一点本地新意也没有，进去转一圈，就有了北京逛街购物的感觉。

我前面说过，去到一个陌生的地方，住耳熟能详标准统一的星级酒店，就像从城市写字楼的衣冠楚楚，换一个地方依然西装革履，没有温度。只有住进了当地人开的民宿客栈，和老板老板娘聊着家常、小道消息，才会和当地民情有了"肌肤相亲"的深入感。

那么进超市也是一样的道理。

逛他们有烟火气的传统集市、老超市，站在他们为"王"的巷道和台阶上，才能探

究到属于他们的民风日常，触摸到他们真实的喜怒哀乐。

那才是当地的民生之态。

我是因为老毛病腰病复发，就在大众点评上的高分艾灸店，寻了一家镇上的按摩店去做艾灸按摩。和艾灸小妹聊得开心，做完了，想起还要买点零食小吃，便问有没有近点儿的小超市。小妹很热心，连忙说"有"，详细指了路还不够，因为要拐几个道进去，怕我找不着，就自告奋勇说要带我过去。

的确七拐八拐，我就这样被带到了这样一条后街中。

就这样进入并感受到了崇礼的另一面。

另一种民生常态。

那里的他们是真实的，也是快乐的。

他们的快乐和真实，改变了我以前在崇礼那些新修的小区和酒店大门进出时，遇见路过的本地居民纵然客气礼貌，但目光避开后不自觉间流露出些微的格格不入，和一份疏远的敬重的印象。

那种目光中的意味，让我理解为就是一场突如其来的骤变后，两种生活方式不尽相同的人群相撞后的自然反应。

"你们来到了我们生长的土地，你们带来很多新的东西，你们究竟要改变些什么呢，我们的生活最终将走向哪里？"

就是这样微微的疑惑和忐忑。

那是相互融合前必有的碰撞和疑惑。

有的时候，在新的改变势如破竹摧枯拉朽般的挺进中，原来按部就班一成不变的平静的生活习惯，就会被新的东西慢慢改变，而后渐渐共融。

有些改变，会拆解掉我们曾经拥有的空间，而更多的包容和谐，会在日深月久中沉淀下来，并留存下你们始终不想改变的，那些生活的本质和真谛。

我为此感动。

13

一定要一个人
去走一次的
草原天路

也许只有这样一个人

走在天地间，

才能真正体会到

生命的意义。

You are my only Chengli

马头琴为何如此悠扬，

只不过是草原在用它歌唱；

远方为什么那样辽阔，

是因为天路就在它的尽头。

…………

对于我团队的摄影小哥们来说，这次来崇礼，除了拍雪，除了拍冬奥，最吸引他们的另一个原因，就是喜欢旅游的人都心向往之的另一个著名景点——草原天路。

2020年3月来崇礼的时候，我们基本上被"困"在太子城村，一直待在漫山遍野的雪堆里。9月，我们要拍崇礼的秋天。再次来到崇礼，刚落地，摄影小伙伴们就给我提出了一个要求："丹姐，这次我们要去草原天路。"

"是工作还是玩耍？"我假装一本正经地问道。

摄影小哥嘻嘻笑道："是工作，也是玩耍。是以工作的名义去玩耍。"

摄影小哥道："姐，你不知道草原天路是中国最美的十条公路之一吗？是每个自驾游的人今生心心念念要去的地方。"

摄影小哥继续说道："姐，我们从海南过来呢，我们那里没有金色的秋天，更没有草原。我们提前几个月就做好了关于草原天路的全部行程攻略。而且，草原天路就是从崇礼出发，我们来崇礼不去草原天路，你写崇礼不写草原天路，你的书就是不完整的！"

我快被他们急迫的样子逗笑了，我忍住笑，继续问道："说的有道理。那你们都做了哪些攻略，说来我听听啊！"

摄影小哥眨了眨眼睛，拿起手机，道："姐，我先发一段最基本的文字给你，你消化一下。"

我打开手机，看见他们转发给我的文字：

草原天路，位于张家口市张北县和崇礼区的交界处，于2012年9月底建成通车。公路蜿蜒曲折，沿线河流山峦、草甸牛羊相伴，沟壑纵深，景观奇峻，展现出一幅百里坝头风景画卷，分布着古长城遗址、桦皮岭、野狐岭、张北草原等众多人文、生态和地质旅游资源，是中国十大最美丽的公路之一。草原天路全长132公里，分东西两条线。西线全长32公里，入口为苏盟烈士陵园，尽头为白龙洞。西线路至白龙洞后就没有路了，需要原路折返，因为来回折返很麻烦，也意犹未尽，所以走西线的游客相比来说寥寥无几。东线全长100公里，从野狐岭由西向东延伸至桦皮岭。所以，野狐岭入口又叫西入口，桦皮岭入

口又叫东入口。大家一般所说的西入口就是指野狐岭（张北县），东入口就是指桦皮岭（崇礼区）。而野狐岭到桦皮岭全长100公里的天路叫草原天路东线，也是大家所指的草原天路。东线风景绝美，西线则逐渐被广大游客边缘化了。

身为居住北京已经十来年的资深"北漂"一族，我当然早已耳闻草原天路的盛名，也在网上看到过很多游客上传的有关草原天路的各类视频和图片，但此时看完这段文字，此刻身处草原天路的经典线路启程之地，还是情不自禁心驰神往起来。

在面对向往了很久的风景面前，工作就次之，重要的是去看风景。崇礼的朋友也早提醒过我，崇礼最美丽最茂盛的黄金秋天，一般只有两个星期的时间，错过了，就要再等整整一年。

不能错过。在我的字典里，北方金秋如画的时节，就不是工作的时间，而应该给自己好好放个假，将全部身心都融入弥漫着浓浓秋意的色彩中去，去体会生命的果实和收获，感受即将到来的剥落与冬眠。

我抬起头来，对两位还眼巴巴看着我的摄影小哥道："去给车加满油，把车洗干净。明天的工作安排：早上九点钟，崇礼出发，从桦皮岭东线入口，一直到野狐岭。全程草原天路。"

闻言，两位帅哥大喜，大呼小叫地甩着车钥匙破门而去了。

我摇头笑了笑，转身，点开了我的手

机音乐，那首我最喜欢的草原歌曲《天边》缓缓响起。这支平时听过无数遍的曲子，此刻听来，那熟悉的旋律却带给我一丝不一样的感觉。

那种感觉是心的躁动——

是就要去向天边，借由·条草原上的天路，可以让我们从尘世奔向天的尽头的向往。

最动听的音乐，撩拨着我们深藏于心的情绪；最美好的风景，永远是来抚慰我们在现实生活中每一个求而不得的遗憾的。

对于我来说，远方的山川、河流、草木，森林、草原和天空，都是我日常生活中遥远而又愿意奔赴之地。我心一直向往之。

所以，其实我对如今近在咫尺的草原天路之行的憧憬，比小伙伴们更甚。第二天早上，我是第一个起床的。

天色极好。天空极蓝。北方特有的秋高气爽，伴随着我们一路到了桦皮岭的高坡上，那扑面而来浓郁得化都化不开的秋天的颜色，一浪又一浪塞满了我们的胸膛，拥满了我们的双眼。

车越开越慢，恨不得每一处弯道都停下来，让我下去深吸一口这满溢的金色。摄影小伙伴们也一样，操着"长枪短炮"，忙得不亦乐乎，都不知道拍哪处景色才好了。

"太夸张了吧！我们还没到天路的入口呢，就这样走不动路了吗？那后面怎么

办，我们今天要睡在天路上吗？"我笑他们，也笑我自己。

但真不能怪我们见识短浅。事实上，当我们走完全程，才发现从崇礼到桦皮岭这一段的风景，和后面天路主路段是不太一样的。我们这次去的时间非常好，正是山上的枫叶又红又黄、最浓烈饱满的时段。不是周末，桦皮岭上，树很多、人很少，这里有在北京城郊那些看枫叶的景点完全

体验不到的舒爽开阔。这里不是看人头，这里是真的看群山如枫、满树红尽。站在岭上，极目远眺，就看见白云托着蓝的天，红黄的林叶覆满了一座一座连绵的山。而阳光照耀下掩映在山林间的小村庄，此刻美得不似真实的存在。是童话故事里才有的意境啊。

如果说后面去往野狐岭的天路之行，是一幅在群山顶上、蓝天之下的草原意识流的行走画卷，那这崇礼桦皮岭开山的风景，就是成片成片被染尽的层林，是泼墨而就的重彩画。

真的走不动路了。

好吧，还是要上天路的。

是秋天了，车一进入天路，就感受到了深深的凉意。坡度很大，车行在群山的顶上，越过一座又一座山顶，前后都是山和天的尽头，无边无际，无穷无尽。在这样连绵不绝却又平缓的山顶上开车，有一种不太真实的感觉，就是觉得一伸手，就能触摸到白云和蓝天，就能将天空握在手中。

在天路上开车，路两旁最多的是在黄绿相间的野草中随风摇曳的小野花们。休息的时候我各色各样采了一大把，有的认识，有的不认识。掏出手机用植物识别神器扫了一扫，发现手中的一把花中有蒲公英、小红菊、漏芦、蓝盆花。这都是能认出来的，还有好几种特别漂亮，经霜后红艳艳的植物，那是植物识别神器也不认识的真正的野草野花了。

然后，我们路过了一片顺山势修筑的精巧工整、层层叠叠自下而上的梯田。梯田里的麦子已经黄透，竟让我想起在新疆江巴拉克看到过的那片著名的麦田，也是美得不像话。

"如果美得不像话,那就只有像画了。"我喃喃自语道,"只不过这么美的画,也只有大自然自己能画出来,任何人类最伟大的艺术家都只能临摹或用影像记录,无法原创。"

摄影小哥抿嘴轻笑,不反驳。

天路上还有一处很亮眼的人工风景,就是一排排整齐高耸的大风车。巨大的白色风车直入云端,直直的翅叶在山风中旋转。很奇怪,如果是在别的地方看见它们,我会觉得就是一个个借风发电的机器,但在天路上看到,在蔚蓝之极的天空和起伏的青山间看见它接天入地的姿态,我立刻觉得那是连接天与地的桥梁,是蓝天和大地之间的对话媒介。

车至中途,到了一个类似驿站的休息点。这里摆着小摊的山民在卖山核桃和一些野山果。我看了看路边玛尼堆上有经幡在迎风招展,山民的衣着装束也带了点藏民的风格,有点恍惚起来。

然后就是闫片山了。

我查了一下资料。这里岩石的形状很特别,是紧密排列而又上下断裂了的巨大石柱群,很突兀地矗立在草原天路一侧平缓浑圆的丘陵中,是鬼斧神工般的奇景。山虽不高,但也需要手脚并用才能爬上山的顶峰。远处看,发挥一下想象力,就像是远古巨人造就的几组相互守望的石头城堡。这里的岩石是火山熔岩冷凝后形成的,

叫作玄武岩,大致生成于距今200万年的新生代。由于喜马拉雅山的造山运动,大地板块被挤压,这里就形成了好多裂隙状火山,火山岩浆从火山口流出来,铺满了大地,形成巨大的张北熔岩台地。这些熔岩后来慢慢冷却,收缩的时候出现了裂纹,这些裂纹网格,如果四周冷却速度特别均匀时,形状就是理想的六角形,但往往熔岩四周冷却速度不会均匀,就会形成这种四边或五边形。这些大石头的形状大都是方方正正的,像砖砌的一样。这种石头中,有很多气孔,那是火山熔岩里夹带的气体释放出来后的结果。如果一定要找到一处景象来比喻闫片山的玄武岩石柱群,可以参考一下北爱尔兰的巨人之路、福建的南碇岛。也许,这里的石柱没有那么的惊艳绝伦,但胜在石柱粗大,棱角清晰分明。

晕了。只能说这条长达 100 公里的天路，沿途风景数不胜数，风格迥异。你出发前想看到的，和你出发前意想不到的，都会在这条绵延伸向天尽头的道路上纤悉无遗地展现。

所谓天路，就是人走进了一幅广阔无边用自然山水形态绘成的实景画卷，让你身临其境感受到草原和天空的壮美。不入其中，无以言述。

我特别特别努力地想把这份心情通过我的笔尖传递到纸上，但我找不到更精准的词汇来形容了。有些场景，必要亲临；有些故事，更是需要身受才能感同。

摄影小哥们说的很对，来崇礼，不从崇礼出发去一次草原天路，是不完整的。

但走完这次天路后，我有了很强烈的一个新想法：如果还有机会再来走一次这条天路，我一定是一个人来。一群人来，是来看风景，是把耳闻过的那些景色目睹一次。但是一个人来，那就可以静静地去聆听自然界中万物生长的气息，是真实享受人在天与地最相近的一条曲线中，最奇妙的行径轨迹。

一个人走过草原天路，是孤独，也是坚强。

要学会孤独而坚强地穿过纷扰的人生，奔向天边。

也许只有这样一个人走在天地间，才能真正体会到生命的意义。

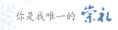
你是我唯一的 崇礼

再约一次草原天路

又到秋天了。我的心又开始蠢蠢欲动了。

秋天就不是工作的时节，秋天就是要出去寻找果实和风景。

我感觉到了每一片秋天的叶子都开始向我频频招手，我听见来自天边草原天路上每一处勃发的生灵的低吟浅唱，并用它们的姿势，刷新这浓墨重彩季节里的生命厚度。

我想起去年在天路上发过的愿，我要不要此刻启程，去圆独自一人走天路的梦想呢？

想想就觉得很美好了。可是，我还没来得及从北京出发，海南的朋友就打来电话。是我的好闺蜜祝影，那个我笔下把爱情藏在了云卷云舒客栈，日日凭海临风的美女。她一开口就直奔主题："丹姐，你去年说过崇礼草原天路的秋景是人间绝色，我一直记着呢。现在北方的秋天马上到了，我这个看了太多海景的海边村村民，对你的描绘心心念念记到今天。我决定今年一定要来北方看秋色，我要约你一起去崇礼的草原天路。你记得哈，定好日期就告诉我，我从海南直接飞

张家口。"

我举着手机，哭笑不得。

还没等我缓过神来，电话又响起，这次还是海南来电，是我和祝影在海口共同的好朋友关总。关总是东北丹东人，年轻时入海南闯世界，安居乐业于海南已多年，但性格

脾气依然还是东北汉子的血脉养成，豪爽，真性情，长得也是。从里到外全然一副标准的东北大老爷们儿形象，偏偏被我和祝影起了个极具反差萌的外号"小关关"。他也是说话不拐弯，大声大气直接道："干吗呢？能出京不？你上次不是说崇礼好玩吗，说草原天路那边有全世界最大的蒙古包酒店，可以喝最烈的酒、最醇的酥油茶，还有最好吃的烤全羊。你不打算带我和你祝影妹妹去见识一下吗？"

我扑哧一下笑出了声，道："小关关，你是和祝影约好了要一起过来吗？邀请了你们这么多次，这一次终于还是崇礼的草原天路才让你们动了心啊！"

反差萌"小关关"辩道："我就是想来验证你说的草原天路到底有多好，看看有没有我的老家丹东的秋天漂亮。我可不像你们这样没见过世面！"

我连忙边笑边承认道："是的是的。那就你们先来，我带你们去草原天路，然后，下次你再带我们去你的老家丹东。我相信一定会是不一样的漂亮！草原天路不会让你们失望的。"

然后，我又再次强调了一下："重要的事情说三遍：这可是全中国最美的十条公路之一啊！"

好了，相约成功，又是三人行，看来我一个人的草原天路之行又要推迟了。

有点点遗憾，但转念再一想，好的风景不就是要尽可能多地分享出去，和朋友共情吗？好的风景，也更值得我们一而再再而三地等待并且重返。

14

罗力和他的
万龙滑雪场
成长史

"……我知道这一生
就应该把这件事情做好,
这就是我这一生
要完成的使命。"

写崇礼滑雪场，罗力和他的万龙，永远都是绕不过去而必须要写的。

写罗力的文章有很多，罗力的传说和故事也有很多。而我知道他的事迹，起初，是从身边几个正在初学滑雪的朋友口中，对崇礼万龙雪场和罗力的无限敬仰之情开始的。

他们敬仰罗力的原因很简单，他就是京圈乃至全国雪友心中大神一样的存在，是众多滑雪爱好者的精神领袖。他是滑雪疯子，而他一手筑造出来的万龙滑雪场，也以蜚声中外、驰名业内的优质滑雪道和拥有的高难度"野道"，成为国内外顶尖雪友必须来滑的一流滑雪场。

我后来理解了，在非专业比赛的滑雪者心中，能从万龙滑雪场最高级的那几条雪道上如愿以偿姿态优美地飞身而下，就意味着自己的滑雪水平到达了一定段位。

对于我这样的滑雪菜鸟来说，大神罗力的飞扬滑雪史，其实并不如后来我得知的万龙滑雪场自助餐丰盛的口碑更让我心动。此处可以盖棺论定，我是个货真价实的吃货，而非运动爱好者。

那次是在云顶雪场的金花阁，帅哥李俊指着同一座山告诉我："丹姐，你看，山的那面就是万龙滑雪场。我们两家雪场在同一座山上，只不过分别在这座山的两面而已。从金花阁这条山上的路直接往那边走，一会儿就能走到万龙雪场去。"

"这么神奇？！"我顺着李俊指的方向看过去，看见不远处山的另一头，的确有一个像游轮似的建筑物。我想起朋友的话，回应道："我知道了，万龙滑雪场的雪道是不是很厉害？"

李俊若有所思地反驳道："不对，万龙滑雪场真正厉害的还不是它的雪道，而是它的自助餐啊。有四百多种菜品，数量多到爆，口味也是一流。吃过万龙家自助餐的人没有不赞的。"

这比高段位的"野道"更立竿见影地

勾起了我品尝美食的强烈欲望。就这样，我以最快速度托崇礼的朋友约到了传闻中的罗力。我要听他讲故事，讲他和万龙滑雪场的故事。当然，重点之一是，为什么一个雪场酒店的自助餐要费尽心思搞出三四百种菜品来？那些多到夸张的菜品，真的有他们说的那么好吃吗？

正是雪季，到达万龙滑雪场大厅的时候人非常多。看得出来这个滑雪大厅有点陈旧了，但足够通透，包括屋顶都是巨大的玻璃面，空间的敞亮，让陈旧大厅里热闹的人群感觉很有一种喜庆的节日团聚氛围。穿过熙熙攘攘穿着各种厚重滑雪服的人群，罗力的助理带我上了龙宫酒店的顶

楼，说罗总稍后就到，让我在这里等他。这是一间空间挑高很高，被巨幅玻璃面包裹的屋子，阳光直射而入。这样走过来，我发现滑雪大厅和龙宫酒店其实是连在一起的，就和我在崇礼看到的大多数雪场的酒店和滑雪大厅一样的功能设计。只不过，无论酒店还是滑雪大厅，万龙的都显得更局促，却也在局促中自有它的井井有条。

罗力来了，穿着传闻中一成不变的一身白。关于他一年四季都穿的这件白色短袖 T 恤，我听到的段子是说，罗力为了做雪场，倾力而为到几乎倾家荡产的地步，所以，穷到穿衣都只有钱买半截袖子了。这的确是个段子，但罗力为了他最热爱的滑雪事业，也的确是付出了超出常人所能承受的心血和钱财。

这也是一个因为热爱，而成就了"误入歧途毁一生"的励志故事。

很多人都听说过的故事，我用我的方式记录在我的书里。

2003 年 1 月底，在被弟弟罗红拉到北京近郊仅有的两个滑雪场中的石京龙雪场去滑雪前，罗力也是个菜鸟。他完全不懂，甚至连滑板都是在雪场临时租的。没有任何滑雪经验的罗力，在石京龙雪场临时抱佛脚，花 150 元钱请了位教练，教了他两个小时，学了两个最基本的动作，一个是内八字刹车、一个是转弯，就在简陋的雪场上开始扑腾了。

罗力有天分，滑了两趟，他就从初级道晋升到中级道了。

罗力与雪也有缘分，之前什么运动都不喜欢的他，就那一次滑雪体验，从此上瘾，这一生就再也离不开这一片白茫茫的世界了。

从石京龙回来，罗力做的第一件事，就是跑了北京所有的商场，终于买到了心仪的一套滑雪装备。那可是二十年前，滑雪还是非常小众的一项运动，就算是在北京，要买到合适的装备，也不容易。然后，上了瘾的罗力就把自己天天泡在北京仅有的两个雪场，滑完石京龙滑密云南山。南山雪场离城里远，那就直接住在密云县城，每天早上第一个去，最后一个离开。一直滑到两家雪场的雪都化了，滑无可滑。

到了3月，滑不了雪的罗力像丢了魂似的。正巧，卖雪板的老板黄万龙，在组织雪友去韩国龙平滑雪，罗力立刻报名。也许是天意，那次正遇到韩国五十年不遇的大雪。下了飞机一直飘着大雪，雪一直下到晚上，下得四周除了白茫茫，什么都看不到。第二天起床，罗力走出房门，走到雪场一看，漫山遍野都是白雪，还有人山人海般来滑雪的人。而不远处就有几条他一眼望去就知道超级棒的雪道。那个场景，瞬间就击中了罗力的心。

罗力心想，原来有这么多人喜欢滑雪啊！他接着又想，看来滑雪这件事能让人上瘾，如果我回北京去做个更专业点的雪场的话，生意一定不会差！而且还能满足自己和身边雪友的需求。

罗力是个说干就干的人。回程路上，他向领队细心请教了所有关于雪场的问题，回国后又专门去考察了东北的几个滑雪场，再然后，他四处打听寻找地方。有雪友告诉他，张家口崇礼那边雪大，那边有个塞北雪场，他认识那里的一个股东善老师，可以一起去看看。

第一次去崇礼的塞北雪场，罗力他们是从宣化高速下来，到四盘水山上的。那时京藏高速都还没有开通到崇礼。临近3月底了，崇礼的雪还是特别好，看着被厚厚的大雪覆盖的群山，罗力很兴奋，想开

雪场的念头也越来越坚定。

这也是他从韩国回来后跑遍了北京周边山区，认真考察后得出的结论。北京周边，再没有比崇礼更适合开雪场的地方了。崇礼的山势，雪季长度与雪的厚度，还有常年气温，都具备了一个一流滑雪场最优越的先天条件。

也合该罗力与这里有缘。当时他就住在崇礼县城招待所，在县城的大街上，罗力看到县政府拉着的醒目横幅："大力发展冰雪旅游！"巧了，这真是和地方政府的产业发展方向不谋而合啊！

罗力先找了崇礼县旅游局，很快得到了政府的支持和鼓励，接下来就是找到最合适做雪场开雪道的那座雪山了。

关于万龙滑雪场选址的过程，聊得起

了兴致，对面的罗力伸出右手抚了抚自己脸上的络腮胡，饶有兴趣道："那个时候，我们几乎把崇礼的山都转遍了，拿不定主意该选哪座山。仿佛是天意就该我做这件事，有一天晚上，我做了个梦，梦里有个人清清楚楚告诉我应该选哪座山开雪场，还认真给我指引了寻山的路线。梦醒了，梦里的场景一清二楚。我马上找来崇礼本地带路的向导，告诉了他。奇了，真的有这样一座山！"

我听得睁大了眼，有点难以置信。

"是真的。"罗力道，"就是现在万龙滑雪场的所在地瀚海梁。"

"那个梦我到现在都记忆深刻。也是我后来无论遇到多大困难，都会咬牙坚持下来的重要原因之一。我觉得那就是天意。"

当然，认真想想，应该是日有所思、夜有所梦而成的吧！

投巨资在荒山野岭里开雪场，二十年前，这样的想法很匪夷所思。罗力遇到了极大的阻力。他弟弟罗红问他："你喜欢滑雪就要建雪场，那你喜欢高尔夫是不是也要建个高尔夫球场呢？你爱喝牛奶岂不是还要养头牛？"罗力不喜欢打高尔夫，就喜欢滑雪，他觉得，高强度高刺激的滑雪运动使他体内产生的多巴胺，比任何运动的作用都强百倍，他就愿意做这个事。铁了心的罗力不管不顾，拿出了当时自己手中所有的现金400万（那是他投资好利来分得的利润），全部投到了崇礼的荒山上。好利来负责财务的黄总被罗力拖来山里转了一圈，看完工地现场，回去对罗力的其他兄弟说："二爷（罗力）干不成这事。太难了！什么都没有，那么大一座山，多少钱丢进去都没影儿，太难了！"

没有钱了就借。借了几千万的款后，第二年、第三年，罗力的万龙雪场就逐步开业了。简陋的滑雪大厅，三条滑雪道，愚公移山一样的精神，终于让身边的兄弟们不得不服了。尽管刚修建开业的万龙雪场的条件跟现在的雪场不可同日而语，但它是严格意义上崇礼第一个正规的滑雪场。

雪场建好了，更大的困难接踵而至。

没有客人来。满腔热血建好的雪场，2004年、2005年的雪季平时就几个人滑，周末节假日也只有几十个人滑。时间一长，罗力心里真正觉得恐惧了。

他不怕投钱借款，也不怕施工的艰辛困苦，但如果雪场没人来滑，对于一个雪场经营者来说，就是灭顶之灾，离死亡不远了。决定做雪场时，罗力的逻辑是，如果雪场能赚钱，一切可以运转，就什么也不怕。他不相信没人来滑雪，韩国龙平雪场人山人海的壮观景象他一直都记忆犹新。但现在摆在他面前的状况是，他的万龙雪场严重亏损，一年起码要亏掉三四百万，雪场命悬一线！

怎么办？！巨大的压力下，罗力怀疑

后悔过，但冷静下来，他又认真调研分析了一下情况，找到了问题所在。那时候，国内的滑雪运动还处在萌芽阶段，初级雪道的人都还没练出来，更别说来滑中高级道了。那时滑雪滑得好的人极少，而这极少数的人群，根本支撑不住这么大一个雪场的经营。这个行业，罗力是进入早了。当初在北京周边雪场考察论证过的项目人群指数，大多是滑雪的初学者，不能代表滑雪的群体水平和大众的日常消费习惯。

这是罗力找到的自己雪场亏损的症结和短板，这个问题短时间内是没有办法解决，只有等和熬。等着市场成熟起来，熬

着把市场慢慢培育起来。只有让更多的人了解并喜欢上这项运动，滑雪场最根本的问题才能得到解决。

这是一场需要耗费极大耐心和钱财的漫长等待。

罗力决定坚持下去。

他又给自己找到了很多坚持下去的理由。

首先当然是自己极其热爱这一事业。而自己的热爱，让身边同样热爱滑雪的雪友们，这两年不用再舟车劳顿远去东北或国外滑雪，就在北京周边，同样能享受到在国际一流雪场那种"爽滑"的幸福。而希望滑高级雪道的人终究也会慢慢多起来的。

第二个理由，罗力发现自己的雪场在崇礼开业后，还是能逐年引来更多滑雪和旅游的客人，这些客人，给本地山民带来了做小本生意的机会。当地有些老百姓不再外出务工，他们用自家的房子开农家旅

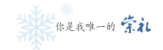

馆和餐厅，慢慢有了不少的收入。而村里的年轻人来雪场工作，也有了稳定的收入，能安居乐业。

最重要的一点，罗力发现，员工、山民和雪友都各得其所皆大欢喜，只有他一个人痛苦不堪。那这是他的问题还是大家的问题？显而易见是他的问题。那他的问题是什么，是他没有赚到钱。没有赚到钱，让他痛苦不堪。罗力开始反思当初想建雪场的起心动念，更多是以商业想法来考虑的，而当没有赚到钱时，希望破灭了，就陷入恐惧和痛苦中。

但是，罗力再仔细想想，虽然他没有赚到钱，但无意中却做了一件造福四方的事情。如果有人有意向去做造福一方的好事，还未必能做得成。这样一想，自己这几年做的事就太好了！那为什么自己还要痛苦不堪呢？这个反思，让罗力发现了自己内心的贪婪和自私。这就是他的根本问题。想明白了这一点，罗力更冷静了，他评估了一下，要靠雪场赚钱，估计是猴年马月的事了，但真正能让他有成就感和幸福感的另一件事，他无意中做出来了。说大点，产业扶贫、造福百姓，力所能及地使身边人都开开心心皆大欢喜，那也是收获巨大的。

想透彻后，从那天开始，罗力就再也不为雪场赚不赚钱而发愁担心了，也不恐惧后悔了。他只需要把滑雪这个事继续做好，把员工、管理层照顾好，把来滑雪的顾客照顾好，至于雪场的未来，就交给时间和机遇吧。从那以后，罗力心情舒展了。他明确了现在做的事不再是为了自己赚钱，而是为了员工幸福、游客幸福、干部幸福、当地百姓商家幸福，如此他也就幸福了。

这些道理，都是罗力在最艰难的那几年悟出来的。当然，他多年的坚持也有了回报，随着滑雪运动有越来越多人的参与，万龙滑雪场也自然而然成了业界圈内的一个标杆和

然觉得，这就是佛家讲的回头是岸。我们大多时候看到的前方是利己，我们一心想着利己，而回头刚好利他。我觉得我选择做滑雪场这件事，是我人生重大的转折。如果我不选择做雪场，我不会遇到这么大的困难、这么多的烦恼，也就没有我的幡然醒悟。为什么会鬼使神差选择了做这件事，可能是我命中注定就应该去做这件事，让我必须遇到这些困难、危机，从而让我脱胎换骨获得重生，从一个自私利己贪婪的人，变成能为别人做贡献的人。这是我在 2008 年最难的时候得到的感悟，从此很少有忧虑和苦恼。我知道这一生就应该把这件事情做好，这就是我这一生要完成的使命。"

说完这一长长的心路历程，罗力站起身来，道："我带你去楼下滑雪大厅转转吧，那边有个雪友老炮儿的聚集点，都是和我一起滑了十几年的老雪友了，有机会你和他们聊聊，就能理解滑雪给我们每个人的人生带来的变化。然后……"说到这里，罗力笑了，"你可以不滑雪，我们万龙滑雪场的自助餐你可不能错过呢！"

我的小心思被他成功看破，我也笑了。

翘楚。而冬奥会的举办，更是让崇礼的滑雪产业得到了飞速的发展。

我听得动容了，又想起听到过的罗力总穿半袖的段子，恍然大悟道："所以，大家说的罗总穿的衣服只有半截袖子，是另外半截袖子和身家性命都交给了雪场的意思吧？！"

罗力哈哈大笑起来。

笑了一会儿，罗力道："同样一件赔本的事，如果站在自己赚不赚钱的角度来考虑，那一定是痛苦的。转过来从别人的角度看，可能就是一件非常好的事。我突

罗力和他的雪友

罗力带着我又回到那个很多面都是玻璃包裹的滑雪大厅的二楼餐饮区。他先站在中间饼店柜台的前面，抬起头来，手指着头顶说："你看到上面没有，靠里面这边是有顶的，靠雪场这边是玻璃的。"顿了顿，他又说道，"这边是后来扩建的。我全部用了采光的玻璃面。来滑雪的人对阳光的渴望，如同他们运动后对于食物的热爱。"

接着，罗力熟悉而敏捷地穿行在人声鼎沸的大厅中。他的一身白衣在人影中忽隐忽现，忽停忽走。一路不停地有人在和他打着招呼，亲切熟稔，就像相熟的街坊邻居串门，也像兄弟姐妹间几日不见，碰面后的寒暄。罗力一路左右回应着，脸上始终笑意满满。看得出来，这一整个大厅的多半人都认识或者知道罗力，有不认识的，看他满面笑容迎过来，自然也把他当成老朋友招呼起来。

从大厅的这一头走到另一头，在玻璃天顶下一个相对人少的角落，一群人聚在那边的桌椅上歇息聊天。看情形应该是刚滑了雪下来吃饭，臃肿的雪服还没来得及脱下，雪

具也是七歪八倒地靠在身旁的桌子椅子上。看见罗力走来，一群人齐齐站了起来，七嘴八舌地将他围住。

我静静站在旁边，听着他们每个人都兴奋地和罗力说话。

作为资深雪友，他们交流和探讨的，大

多是这场雪滑得真爽，下一场要不要约着一起去东北的哪里哪里滑，听说那边又下了几场大雪。然后，人群中有一个高个子雪友大声嚷道："罗总，前段时间我可是在朋友圈看到你发的在雪地里唱歌的视频了哈！那场大雪，看得我心痒痒，又来不了，真是急死人了！偏偏你还唱'北风吹雪花飘'，你刺激我们啊！"

高个子雪友说的视频我知道。疫情严重时期，也是崇礼雪下得最好的时间，留守在雪场的罗力每日上山看雪道。白雪皑皑，人影渺渺，罗力站在山顶，在大雪中扯起嗓子就唱起了《白毛女》里的歌曲《北风吹》。然后，视频在滑不了雪的雪友中就传开了。

最资深的滑雪发烧友罗力有无数个雪友群，视频一出，朋友圈的雪友们都看见了他在雪风中半是悲壮半是豪迈的引吭高歌。那首《北风吹》在那一刻，变成一种情绪在每个雪友心中蔓延，最后，变成了那个冬天众雪友之间温暖的纽带。

罗力笑眯眯地望着高个子雪友，双手抱臂道："我那是让你们看到我坚定的信心。不管你们来不来得了，什么时候来，我和我的雪场一直都在。就算一个客人都不来，雪道上的造雪机我们还是会日夜地开着，维持着最好的雪道。"

闻言，高个子将右手臂搭在了罗力左肩上，面向那群雪友，竖起大拇指道："听听，我这哥们儿，够仗义吧！这二十年来，他可都是说到做到。我跟着他滑了十几年了。哥们儿，咱们得一直滑下去。生命不息，滑雪不止！"

不得不去吃的万龙自助餐

终于吃到形形色色、菜品的品种繁多到四百多样的万龙自助餐了。

从龙宫酒店出来，沿着万龙滑雪场两座山间狭长的斜坡道路往上走，我惊奇地发现，几幢建筑连在一起的万龙滑雪场，和它地处狭长山谷的地理位置，特别像我在重庆生活时那种山城的模样。想到祖籍四川、来自山区的罗力，我心领神会地笑起来。

万龙的小黄带着我从斜坡前方公寓的大门进去，上电梯，从楼层中间的电梯出来，穿过长长的公寓房间过道，七拐八弯，又过了一道两座高楼之间连接的玻璃廊桥，就从半空中进了在另一座楼里的自助餐厅。

完全是一派四川重庆在山里建房子的感觉啊。

人声鼎沸，摩肩接踵。感觉白天在滑雪大厅里熙熙攘攘的那一股股人流，现在都来到这里热热闹闹吃大餐来了。食品种类多到我眼花缭乱、目不暇接。我在美食面前永远是没有抵抗力的，何况四百多种任我随意取用的美食。我看着堪称壮观的自助餐台上的

各色各样的餐食，一边发愁怎样才能在一晚上尝遍却不让自己撑着，一边心不在焉地和小黄草草打个招呼，就消失在觅食的滚滚人流中去了。

抱歉，我没有办法在这里纸上谈兵，告诉大家著名的万龙自助餐带给我的唇齿"沦陷"，但我可以把罗力为什么要在雪场做这

样丰盛到夸张的自助餐的原因写在书上。这样，也许每个慕名去吃美食的游客，对美食背后的情意，会有更深的了解。

以下文字摘录于罗力访谈：

2004年万龙雪场雪季正式开业以来，我发现这个产业最大的问题就是顾客太少，滑得好的顾客更少，来万龙的人寥寥无几，反而初级滑雪市场在北京红红火火。我脑子里就想，我一定要在方方面面把来万龙的人都照顾好。首先我是一个滑雪人，我知道早餐对一个滑雪者来说非常重要，所以我们酒店的早餐都是以高标准来做的，和最好的五星级酒店比也不分上下。我希望雪友和客人们吃好早餐后，一天滑雪都会愉悦开心。我这么多年观察发现，很多顾客一开始都会跑到县城去吃饭，基本不在雪场吃饭。其原因就是我们酒店原来晚上提供的餐食太单一了，客人连着吃两顿，就会觉得菜谱上的菜没有

可点的了，只有出去找东西吃。

这种情形我看到了，感觉必须在餐饮上做改进，一定要让菜品丰富起来。第一，口味多样化，要满足全国各地来的不同客人的需要；第二，一周之内，要至少能换三四次口味，这样就不会吃烦，才会留住客人，让他们安心在这里度假滑雪。不但酒店餐饮，中午滑雪大厅客服中心的快餐也同样重要。来万龙滑雪的人，大部分都不住在酒店，为了让这部分雪友也能吃好，我们把午餐做得非常丰富，滑雪大厅吃的喝的就有两百多个品种。做这么多餐食，需要很多厨师，成本很高，但是为了顾客和雪友满意，我们不计成本。

滑雪的环境温度非常低，消耗的热量也非常大，吃饱吃好对滑雪这项高强度运动者来说尤其重要。而且滑雪到了下午三点左右，往往就筋疲力尽。我是滑雪的，我知道这一点。这个时候需要一点能量的补充，所以我们就在这个时间段，在山脚下免费提供一些小甜品和巧克力。天特别冷的时候还有姜汤。就是为了让滑雪的客人们滑至最后一趟缆车时，始终保有体力、精力。就是这样一个给雪友们提供能量的免费项目，一个雪季，万龙投入的成本就要一百多万元。

一个雪场，能在雪季的时候让客人们每餐都有三四百种自助餐品可选，能细心妥帖地考虑到下午三点的能量补充，而且免费，我相信他们是非常用心在做滑雪这件事情的。

15

我爱你
塞北的雪

点燃崇礼滑雪火苗的

第一代滑雪场，

遗憾而悲壮地静止在

喜鹊梁的坡道上。

You are my only Chongli

　　10月的北京，刚刚入秋，道路两旁的树木依旧郁郁葱葱，而崇礼的山林已是深秋景象。连绵的山脊和缓起伏，远近色彩绮丽夺目。知道名字和不知道名字的大树成片地在山坡延伸，浅黄、金黄、深红、墨绿，各色相融，随意交错。道路穿过村庄，穿过稻田，穿过一个又一个山间隧道。

　　时至今日，每辆车进入崇礼时，首先看到的都是一处最醒目的标志，约一人多高的天蓝色文字雕塑——雪国崇礼，户外天堂。

　　雪，无可非议是在崇礼出现次数最多的一个字。

　　现在的崇礼，已经有大大小小很多个雪场，但在1996年之前，崇礼当地人对滑雪这件事几乎一无所知。无论冬天下多大的雪，都找不到一块雪板，看不到一条雪道，更寻不到一个滑雪的人。崇礼在古代是边关要地，北京的北大门，20世纪90年代的崇礼，则是地地道道的国家级贫困县。贫困的崇礼少有外地人来。

　　真正撬动崇礼滑雪运动齿轮的，是一家名为"塞北"的滑雪场。它是华北地区第一家真正意义上的民营滑雪场，也是崇礼至今唯一不得不停业的滑雪场。

就算是现在被诸多雪友誉为滑雪领头人的罗力，当年来崇礼，也是循着塞北滑雪场的踪迹才到的这里。

罗力开始滑第一板雪是在 2003 年的冬天，他来崇礼寻雪场，也是在那一年。而崇礼的塞北滑雪场开业于 1997 年元旦。真正挥动崇礼冰雪产业第一铲的是两个人，一位北京商人郭敬和第一位全国滑雪冠军——单兆鉴。

这两位也是将永远被记录在崇礼滑雪史上的人。

时过境迁，我寻访很久，都未能见到这两位崇礼滑雪史上不可不提的传奇人物，我就把我能搜集到的，关于他们和崇礼的缘起缘去，整理在这里吧。

有些过去的故事是需要记住的。

1996 年，塞北滑雪场的创办者郭敬，同样是在秋天，第一次来到崇礼。他是北京人，1960 年生人，做过地产投资、旅游、广告等产业。最开始在广西北海发展，后来回到北京。郭敬是某集团的董事长，下面有十几家公司，平时就有不少人会拿着各种项目找他谈投资的事。有一次，一位寻求投资的人来找他，说张家口一个县有项目。郭敬听了也没太当回事儿，不过他正好有空，就约上另一位朋友单兆鉴，跟着介绍人坐火车到张家口了。

下了火车，张家口的项目介绍人找了辆吉普车，带着郭敬和单兆鉴在崇礼到处转。同来的单兆鉴是滑雪界的元老，时任国家体委滑雪处处长、中国滑雪协会秘书长。1957 年的时候，年仅 19 岁的单兆鉴就成为中国第一个全国滑雪冠军，他的一生

都是和这项运动紧密相连的。退居二线后的单兆鉴不忘初心，一直想在北京周边寻找合适的滑雪场。

因为国内条件有限，单兆鉴时常带滑雪队出国训练。运动员出国前在北京做准备，回国后要在北京休整总结。单兆鉴就想，要是北京周边有一家滑雪场，运动员就能利用留在北京的这段时间训练了。而且北京附近有雪场的话，北京的外企、大使馆众多，也是能给滑雪场提供客源的。

经常出国训练比赛的单兆鉴知道，滑雪运动在国外是比较普及的一项运动。

当年崇礼县道还是砂石路。喜鹊梁、红花梁、翠云山、盆底坑，一行人都考察了一遍。单兆鉴觉得这些地方都适合开发雪场。崇礼的山呈大丘状山体，适合建设雪道，山连着山，可以开发的面积也大。

山上植被多，水系丰富，有造雪条件。崇礼冬季鲜明且时间长，气候寒冷存雪期长，滑雪的时候还可以观赏林海雪原，自然景色非常优美。

滑雪冠军兼教练单兆鉴兴奋地给出了专业性的种种结论。

郭敬对此倒没在意。他从不滑雪，来考察项目是为了给朋友一个面子。眼见为实耳听为虚，介绍人说这里有雪，可现在毕竟是秋天。

在2014年以前，崇礼一直是国家级贫困县。当地人这样描绘过从前："一条马路尽是坑，一个警察两头盯，百货商店一个人，蔬菜门市一捆葱，十字路口一盏灯，十五瓦灯泡照全城……"县里主街不到两公里，没有红绿灯，全长也就是现在的希望街到冰雪广场那一段。居民住的房屋大都是平房，最高的楼只有四层。

"那会儿都很穷。"

在我找到的一篇访谈里，郭敬是这样说的。

他还记得那天晚上大家吃饭，是在县城一个小饭馆里。张家口市旅游局局长是骑着自行车过来的。1978年以来，中国实施改革开放，各地经济都有了快速发展，张家口却是一个例外。

张家口被称为北京的北大门，自古就是军事重镇，边关要塞。张家口以北是蒙古草原，一马平川，无险可守，如果外敌

来犯，张家口一带的群山就是第一道阻击线。这也是自古以来张家口一直有长城固守的原因。为此，20世纪60年代末起，大批重要机构和企业迁出，城市建设让位于军事布防。改革开放的年代里，东部沿海和内陆经济腾飞，张家口还在挖防空洞。直到1995年5月9日，经国务院批准，张家口市才正式对外开放。这个时候，改革开放的政策已经实施将近17年了。

不能怪那里穷，它和整个大时代的发展相比落后了整整17年。

第一次考察归来，郭敬没想一定要在崇礼建滑雪场，连合同都是让别人去谈的。他只要求加上一条违约罚则，规定如果资金不到位，则扣减相应股份。这样，即使他最终没有投资，也不会因违约被罚款。这年河北省与北京市召开经贸洽谈会，张家口刚刚开放，是北京的重点帮扶对象，郭敬被邀请到会上签订了合同。

合同签了，直到12月初，崇礼都下了好几场雪了，滑雪场建设还没有动静。当地政府负责的人就叫郭敬再去看看，说条件都好谈。郭敬还记得那天是12月5日，他自己驾车去的崇礼，带着介绍人准备进山勘察。车开到一个荒僻的岔路口，他问介绍人往哪儿开，对方一脸茫然，也不知道该怎么走。郭敬明白了：这是一条完全陌生的路，少有人来，往后，只能凭自己的感觉进行一次全然陌生的探索了。

顺着依稀难辨的路标，郭敬最终到达目的地喜鹊梁。喜鹊梁挨着一处金矿，路不好走，但好歹路已修通。红花梁、翠云山等地滑雪条件虽好，但不及喜鹊梁交通便利，新雪场建在这里是最合适的。山谷里白雪茫茫，放眼望去只见白桦林。北京此刻还是零上 10 摄氏度，崇礼山里的雪已经十多厘米厚了。踩在厚厚的积雪上，新奇激动之余，郭敬心中油然涌起一股向前方探险的冲动。

郭敬在崇礼待了一周。政府大力支持，只不过崇礼是贫困县，财政上确实拿不出钱。算了算整体需要的投资额，除了雪道建设，滑雪器材的投入也是很大一笔钱。同来的单兆鉴却说没有问题，中国滑雪协会能提供技术和器材支持。当时中国滑雪协会有一大批旧器材，可以交给滑雪场。

为了了解当地雪季的情况，他们还去山下的窑子湾村，和村里的人聊了聊。

一切打理妥当，郭敬留下一笔钱，让介绍人先带人开工，伐木清道、搭休息用的棚子。滑雪场开业，北京是重要市场，需要提前做些宣传，雪场建好后还需要后续的资金维护，他将股市里的十几万资金取出，开始在崇礼创业。

雪道开建，单兆鉴选好地形，施工队砍掉山坡上的白桦树，运到山下，再用伐下来的树钉成两个简易的大棚子。崇礼冬季寒冷，白天最低温度时常在零下 20 摄氏度左右，山里边就更冷了。修好的棚子外观有点似蒙古包，四五米高，里面有一百多平方米。在里面生上炉子砌段火墙，就能供来滑雪的人休息的时候取暖休整。

这也算是崇礼滑雪场滑雪大厅的起始了吧。

雪季已至，滑雪场要抢时间亮相。1997年元旦，雪道还没有完全建好，滑雪场就开业了，名为"塞北"，取自歌曲《塞北的雪》。

第一条雪道300米长。雪况不好的时候，雪场就雇村民从更远的树林里背雪过来，每袋五毛钱，倒在雪道上，再用铁铲拍平，用雪板压平。最开始条件艰苦，没有索道，上山滑雪，要么坐马拉的爬犁，要么坐农用三轮车。再后来，就是用一辆212北京吉普拉往返的滑雪者。

不过，对真正的滑雪者来说，那时候的野雪道也是一种乐趣。有那时的雪友在其文《塞北滑雪散记》中写道：

白桦林中，可疏，可密。林间道上，可宽，可窄。平缓的山谷，形成一个天然的U形道。各种坡地，陡的、缓的、长草的、带包的、埋着树根的，只要你想，只要你能，乐意在哪儿滑就在哪儿滑，乐意从哪儿下就从哪儿下。这就是野趣。

至此，塞北滑雪场正式营业，也从此掀开了崇礼滑雪史的新篇章。

塞北滑雪场有过辉煌的时候。2000年，恰逢千禧年，这年的春节，塞北滑雪场250

个供客人住宿的床位挤了359个人，都是来滑雪的。到后来，员工们把宿舍让出来，自己住到村里去，郭敬则直接在地上铺一层海绵垫，度过了让他心潮澎湃的那一个个冬夜。

后来呢，后来的结局是让人不胜唏嘘的。

用一句话来总结塞北滑雪场后来坎坷的发展路径，那就是当郭敬想大展宏图引进意大利投资，共建他的第二个雪场多乐美地时，经营理念以及思维方式的不同，导致中外双方管理层频频产生摩擦，再加上后来周边新雪场的崛起，竞争激烈，塞北滑雪场最后负债累累举步维艰。

撑不动了，郭敬决定先停业"冬眠"，遂关闭了塞北滑雪场。

点燃崇礼滑雪火苗的第一代滑雪场，遗憾而悲壮地静止在喜鹊梁的坡道上。

再见到的塞北滑雪场

塞北滑雪场的旧址一直都是在的，我决定去看看。

走遍崇礼所有的滑雪场这个愿望，就像当时我要努力看遍崇礼四季不同的颜色一样的坚定。

夏日的崇礼本就不热，那天早上，雨后初霁，下了一场夜雨后的翠云山奥雪小镇就更凉爽了。我和小伙伴们从正在夜以继日完善奥运保障最后工程的翠云山出发，随着导航的指引，开车向塞北滑雪场的方向驶去。

开到喜鹊梁的一道山坡上，导航指示目的地到了，但是我们车上的三个人四处望了望，并没有发现周边有类似雪场的建筑，也没看到任何人影踪迹，道路两旁只有翠绿清新的大树，和风吹过时微微晃动的野花杂草。我们正在想是不是导航指错了，毕竟是已经很久没营业的老雪场了。

这时，摄影小哥走到远处路边斜坡上的一处废弃的铁栏门边，向我们招手道："过来看，这个铁门里面有点像呢。"

我们过去，发现那铁门上已有很深的锈迹，一把大铁锁横在铁门上，但铁门两边是长满野草的山道，并无遮挡，只是锁了个寂寞。再往里看看，有几幢破败的建筑物斜斜倚在里面的坡道上。我们就从铁门旁的草路上小心翼翼地走了进去。

导航没有指错，这里应该就是塞北滑雪场的旧址了。

隐隐约约，还能看到那长满荒草的坡形雪道。坡上那幢建到一半，刷了一半水泥，裸露着一半已经覆满青苔的红砖建筑，矮矮的四层，还在。但这一切，都在呈现着一份人去楼空后的寂寞。还有一台很破旧的机器丢弃在一旁。摄影小哥蹲下去认真看了看，抬头道："应该是造雪机，早就不能用了，坏了。"

夏日的山谷，阳光明净无比，天蓝如洗，云朵浅浅淡淡，从山的这一头慢慢飘向山的另一头。山上，杉树林和白桦林成团成簇，错落成群。

摄影小哥说："这里应该是塞北滑雪场的白桦山庄吧。"

是的。

曾经的白桦山庄，如今荒草疯长，破落陈旧，但还是能看到旧窗户上用白桦树皮装点的印迹。阳光正好，窗上隐隐还能映出对面的山景。

当年郭敬在这幢山庄的楼面砖墙外贴上白桦树皮，只是喜欢回归自然的感觉，如今时间完美成就了他的设想，人工痕迹让位于自然。依稀还在的台阶倾颓，碎裂成一块块水泥，小草顽强地钻出缝隙，不用多久就会渐渐盖住它们。

一切已成历史。一切终成历史。

塞北滑雪场是崇礼滑雪运动的起点，但今日与滑雪有关的所有热闹繁华，已经与它无关。至于那两位最初的开拓者，郭敬回来过，他想在这里建一座纪念碑，将所有对塞北滑雪场有过贡献的普通人的名字都刻在上面；单兆鉴则一直在阿勒泰做冰雪文化的推广工作，继续奉献于他的人生理想。

我们看向远处，青碧的天空中几朵浮云停在山尖，峰峦起伏之外，是另一个热闹喧腾的新世界。山谷外，汽车轰鸣着穿行于宽阔平整的道路，挖掘机依然挥舞着机械臂，雪场的雪具店焕然一新。再望向远一点的山边，还能看见"雪如意"那硕大的圆形建筑顶部。当金秋掠过，初雪飘落，雪国崇礼总是会在每一个大雪漫天飞舞的冬季苏醒重生。

驱车离开这片荒芜之地，在去往喜鹊梁山顶的路上，回转身来，还能遥遥望见老塞北滑雪场的位置。阳光西斜，树叶翻动，山影投下来，遮住大半个山谷，塞北滑雪场缓缓没入其中。

16

冰雪如意
"雪如意"

来自世界各地的

运动员，

在这样一座座漂亮的

场地上展露身手，

同场竞技，

以运动的精神来谱写人类

永无界限的友谊，

那就是整个崇礼的

高光时刻。

　　崇礼冬奥场馆赛最引人注目的国家跳台滑雪中心雪如意的第一次亮相，是在 2020 年 12 月 21 日。

　　相信很多人在电视或视频上看到过那条如玉带般熠熠生辉的美丽雪道。

　　我也是。我没能去到现场，但在手机上看到那条视频时，记得当时我就呆住了，我愣愣地拿着手机刷了无数遍，反复回放。

　　那道闪耀的光芒，照亮了崇礼，也撩动了我内心的小情绪。

　　如果不知道自己有没有机会能到现场去观看这一届冬奥会，那就安排自己在奥运会之前，去看看即将点亮圣火之地，和将照亮世界的中国山村里的"如意雪冠"吧。

　　我很愿意用这样的名词来形容我心中的雪如意。在我看来，它顶上巨大亮眼的大圆环，就是一顶用冰雪做成的王冠，而顺着圆环两边依山势而下的长长的两条雪道，就是王冠上飘拂轻垂的玉带。所有将在这里努力拼搏登上奖台拿到冠军的运动员，都将是最终获得王冠的胜利者。

这样的地方，我当然要先睹为快，先去为敬了。

所以，再到崇礼的时候，我在云顶大酒店约上帅哥李俊，先给他看了雪如意的视频，才问他："李俊，你可是号称拍遍了崇礼太子城的，你有拍过这个吗？"李俊歪着头过来看了看，声音弱了许多："这个啊，我当然知道。这个，我可拍不到。"听得出来他的语气有羡慕，也有一些些沮丧。我笑了，道："那怎么样，我们一起到现场看看去？"

"现在？"李俊兴奋起来。

"对啊。现在就去。"我边说边站起了身。

我是行动派，帅哥李俊是最应景的"沙堆上的萝卜"，只要有关于崇礼的新鲜风景点，不用使劲拔，他一定是反应最快的那个人。尽量拍尽崇礼风光和这些年来一步步的巨变，是这个年轻男孩在僻静的大山里生活了十来年的最大快乐，这快乐是融入他青春里去的。

快乐和见证是需要分享的，而且当我们去到雪如意的顶上，号称用脚爬遍过太子城村这些山头的李俊，回去在他那浩如

烟海的崇礼素材拍摄档案里，没准儿还能翻到昔日雪如意跳台滑雪中心的原始图像。时空交错，场景转换，一段旧时光和一重新景色，那可有意思极了。那可是我最喜欢的了。

我曾经很庆幸自己能在两年前就走进崇礼，断断续续经历了它在临近奥运时翻天覆地的改变过程；我也很喜欢在已经日新月异的这片土地上，一点点去对比和寻找到它们今非昔比的变化与见证。

"那我拿器材去！"果然，这样的邀请对于摄影疯子李俊来说，的确是无法拒绝的。

他转身小跑而去，边跑边道："我知道那边好像还没有完工，雪如意的内部还在做最后装修，能拍到过程，真是太好了！我一直想去，一直没空。"

我在他身后心满意足地笑。李俊最近被调去负责云顶酒店和崇礼奥组委那边的宾客对接工作，随着冬奥倒计时的数字越来越小，他也是忙得不可开交，正好趁机放松一下。

云顶滑雪场，是除冬奥主赛场太子城古杨树比赛场馆外最重要的比赛场地，自由式和单板比赛的 20 枚金牌会在云顶滑雪场产生，可谓责任重大，他们忙是理所当然的。李俊在这里坚守十来年，收获无数北国风光记忆的同时，能和奥运同行，深度参与到这场盛事中，定是他，也是无数

和他一样的崇礼人一生最值得珍惜的记忆。

我们俩开车从云顶先来到雪如意底部的观众平台。这是我第一次走到离太子城村这座最著名而耀眼的建筑如此近的地方，以前看，都是从崇礼各个地方路过远远眺望。想到这里，我甚至确定有一次在翠云山小天路的最高点上下车观望时，我曾望到过这边山头上冒出来的雪如意的圆形顶部。

崇礼的山，是能平望的。站在足够高的山顶，就能看见足够远的景色。

当然，更多的时候，我都是在太子城圆形转盘的分岔路口，无论向左还是向右，只要微微一抬眼，总是能看见由远及近的几大标志性冬奥建筑：山顶的雪如意、山下的冬奥村、古杨树比赛场馆和奥运场馆，以及为此移址四百米的太子城遗址。

雪如意底部场地在做收尾工作，还是工地。我们进去转了一圈，看了个大概，再顺着那两条已经完工的颀长雪道向上望去，只觉晃眼又陡峭。那是一个在我们看来不可思议的坡度。再往上看，雪道的最上端，就是巨大的圆形顶部。

那就到顶上去，不会滑雪，我也要去遥望一下，感受自上而下，从那样高而陡峭的圆顶上飞跃滑下的现场感。

我们开车绕到了山坡上。雪如意并未

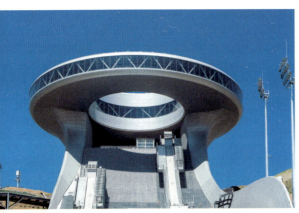

开放，要到顶部，就得开车上山。

很幸运，越过圆形顶部门口正在陆续拆除的工地标识，我们得以顺利进入到里面。进去以后可以更清晰地看到这个巨大的圆形顶部，和我们在电视视频中看到的一样，是个硕大无比的空心圆。中间部位临空，四周都是全玻璃采光面。环绕这个直径达 80 米的圆形顶部走一圈，放眼望去，360 度全无遮挡，崇礼的山景尽收眼底。登高望远，美不胜收。

这个将崇礼美景尽收其中的绝佳观望台，有个很好听的名字，叫"顶峰俱乐部"。而这个以雪如意命名的国家跳台滑雪中心是由三个部分组成的：圆形跳台顶部的顶峰俱乐部、中部剖面线形的滑雪赛道和底部的看台。占地约 62 万平方米。建在山谷之间的雪如意，从顶部滑道起点到地面观众席的落差达 160 多米。

难怪从下面看上去直觉陡峭，此刻再从上面往下望去，我更是一阵头晕目眩。稳了稳神，再想象一下，当崇礼的大雪漫过所有的山林田野，覆盖了雪如意和古杨树比赛场馆，来自世界各地的运动员，在这样一座座漂亮的场地上展露身手，同场竞技，以运动的精神来谱写人类永无界限的友谊，那就是整个崇礼的高光时刻。

补充几点小信息：北京冬奥会也称京张冬奥会，这里的张是指张家口市，也是特指张家口市崇礼区太子城村。张家口赛区可以细分为太子城组团、云顶组团和古杨树组团。雪如意位于古杨树场馆组团中，但它太出彩了，所以它毫无疑问地成了整个张家口赛区最耀眼的存在。

专家们说，古杨树这一地区非常适合开展冬季两项、北欧两项和高山滑雪三项雪上运动，这是上苍送给崇礼和北京冬奥的礼物，也是中国送给全世界滑雪运动员和爱好者最好的礼物。

雪如意是全球第一个采用二氧化碳跨临界直冷制冰技术的"冰丝带"、水冰转换的奥运场馆冰立方，是国家跳台滑雪中心，我国首座符合国际标准的跳台滑雪比赛场地，也是完全由中国80后年轻设计师主导设计建成的。

正想得出神，看得出神，拍够了照片的李俊举着相机走过来，他循着我的目光也望向160多米下的观众台，忽然说道："我听说冬奥开幕式有一个重要场景，是在雪如意这里呈现的，不知道是不是在观众台前面雪道落地那片地方。"

"不是的。"巧了，正在圆形顶部检查现场的一位工程师转身过来看着我们，微笑着接过李俊的问题。他站起来，手指向滑道中下部山崖上突出的一块小平台，道："我听说是在那里。是一个非常大的惊喜。"

我自然是要追问的："是什么惊喜？"

工程师笑笑，笑容中带着很诚恳的神

秘："这个，我们就都不知道了。"

"到时候来现场看啊。或者，看电视直播吧。那一天，全世界都会看到雪如意，看到崇礼。"

我点点头，那个时刻，真的让人无限向往。

如意，以物论之，是中国传统的工艺品，古人多以玉和黄金制成，称之为"玉如意"和"金如意"。如意，若以词释之，那就是吉祥如意，被中国百姓赋予吉祥驱邪之意，承载着祈福禳安等美好愿望。

愿所有来到崇礼的运动员，能在这座以雪为如意的美丽的跳台滑雪中心，如你所意，如我所愿。

跟崇礼冬奥有关的
几点补充消息

5G

2021 年上半年，崇礼城区新建 5G 基站 32 个，头道营至太子城道路连接线上新建 5G 基站 16 个，冬奥核心区新建 5G 基站 45 个，实现了奥运核心区室外 5G 网络全覆盖。

据悉，张家口冬奥核心区的通信网络，是目前全世界技术最佳、感知最优、效能最高的 5G 网络，它将在北京冬奥期间为所有参与人员提供大容量、高效率、低时延的移动通信保障服务。

可持续 · 向未来

"可持续性"是北京冬奥会出现的一个热词，是国际奥委会《奥林匹克 2020 议程》三大创新主题之一。北京冬奥会是第一届从申办、筹办到举办全过程践行可持续性，并将其融入赛事筹办各阶段各个方面的奥运会，是"绿色办奥"的生动实践。"可持续 · 向未来"是可持续性愿景，"创造奥运会和地区可持续性发展的新典范"是工作目标，而

"环境正影响、区域新发展、生活更美好"是三大重点工作领域。

北京冬奥会创建了融合三个国际标准的可持续性管理体系，在场馆可持续性、可持续采购、低碳管理等方面呈现了多项创新实践。创新制定了《绿色雪上运动场馆评价标准》，保障雪上场馆设计和施工过程实现生态保护优先，以多种方式保护动物、植物，开展生态修复，减少了赛区建设对生态环境的影响。

国家速滑馆等 4 个冰上场馆，在奥运会历史上首次使用目前最环保、低碳的二氧化碳制冷剂，为应对气候变化树立了典范；五棵松冰球训练馆建成了 3.84 万平方米的超低能耗示范工程。通过科技创新，水立方、国家体育馆、五棵松体育中心、首都体育馆都成为"双奥场馆"。创新建立绿电交易机制，所有场馆 100% 使用可再生能源电力，推动绿色低碳交通，积极开辟碳补偿渠道，努力举办一届实现碳中和的奥运会。

冰雪博物馆

张家口崇礼华侨冰雪博物馆项目位于崇礼城区中心位置，采用了博物馆和图书馆"两馆合一"的建筑方式，是 2022 年冬奥会期间的重要保障工程，也是国内首个以冬奥会为主题，且规模最大、展品最为丰富的冰雪主题博物馆。

建成后的崇礼华侨冰雪博物馆将设序厅、冰雪运动历史厅、冬奥历史厅、北京冬奥厅 4 个功能厅和 1 个冰雪运动体验区，对世界冰雪运动历史和发展脉络、历届冬奥会以及 2022 年冬奥会申办、筹办和举办过程中的实物、图片、影像资料进行全方位展示，将成为崇礼区又一地标性的建筑。

17

少年 Andy 的
滑雪初轨迹
和人生理想

对滑雪运动的热爱，

能让他

成长、勇敢、坚持，

能让他在这个年龄

就学会思考人生和未来。

Andy 的妈妈坐在我面前。

这是一位气质优雅从容、皮肤白皙、个子高挑的温润女性。轻轻一开腔，带着点软侬尾音的腔调里，很快就能听出海派女郎特有的软糯和娇嗲。那份软和娇恰到好处，让人觉得和她的这次聊天，一定会如沐春风般妥帖舒服。

我们在云顶大酒店全新的酒店大堂吧见面。坐下后才知道，我们这几天都住在云顶大酒店的同一个楼层里。

Andy 和同来的滑雪学校的同伴们，正跟着外籍教练在崇礼的几个雪场训练。冬天正是滑雪者最爱的季节，他们争分夺秒地享受一年一季大自然慷慨赐予的白色冰雪，这是他们等候了三个季节后最重要的时刻。

这次采访是肖总安排的。肖总看到我在云顶的星巴克和酒吧屋，还有雪具大厅过于悠闲地闲晃了几日后，对我道："你不能光看着帅哥美女滑雪饱眼福啊，要动起来，要了解他们，要像他们那样，去学会享受运动带来的乐趣。这样吧，我介绍一个朋友的孩子给你认识，你跟这位小朋友好好聊聊，应该能带给你一些启发。"

肖总道："我是亲眼看到滑雪运动带给这个孩子的变化的。"

肖总又接着批评我："你不去亲身体验一次滑雪，你确定你能感受得到滑雪者身心的快乐吗？！"

我低头无语。这样的建议听多了，我都要自我质疑我来滑雪场的真正目的了。

难道就是为了在雪花飘飞季节的咖啡屋里，捧一杯温暖的饮品，看落地窗里外不同的世界，看矫健如燕的滑雪者们亮丽的身影，看城市里的帅哥美女，在另一个场景中，释放身体本性中的激情吗？

当然，看帅哥美女滑雪，也是一种很大的享受。

我乐此不疲。

乐此不疲地在崇礼几大雪场寻找我的各个最佳观景点。

好，话题扯回来。

我和温婉美丽的 Andy 妈妈的话题很快就聊到了她的儿子身上。

Andy 全家平时都住在上海。上海并不是一个常年有雪的城市，但这些年来，因为滑雪运动在城市人群中兴起，上海也顺应潮流有了很多很不错的滑雪学校和滑雪俱乐部。

从小不喜欢运动的男孩 Andy 的滑雪故事，是从上海的一家滑雪俱乐部开始的。

Andy 妈妈道："说起 Andy 滑雪，真的是一个意外。"

聊到自己的宝贝儿子，每一个妈妈都是滔滔不绝的，哪怕是风范优雅的上海女子。不用我追问，Andy 妈妈的话匣子就自动打开了，我们间初识的一点点陌生感和拘谨也荡然无存。

她开始讲 Andy 的故事。

"Andy 小时候身体很单薄，不太爱说话，性格也很佛系。他不喜欢运动，除了上学，回家后就和很多他这个年龄的男孩子一样，大多数时间沉迷于游戏和电视动漫中。他喜欢打游戏，但游戏打多了真的对孩子身体健康非常不好，我跟他爸爸就一直想着，最好能培养他一两项强身健体的运动爱好。

"试着带他去尝试了很多运动，游泳、

打篮球、剑术，他都提不起太大的兴趣。后来，有一次跟朋友去了上海的一家滑雪俱乐部，那是一家室内滑雪训练学校，在滑雪模拟机和雪毯上练习感受最基本的滑雪动作，没想到，Andy 对滑雪这项运动产生了很浓厚的兴趣。我们带他去过两次后，他就主动要求再带他去。"

我笑眯眯地插嘴道："是不是南方的孩子比较少见到雪，所以就会对雪上运动天然有一种新奇感啊。"我想起自己来北京的第一年，干燥的气候让我日日夜夜都想在结束这次漫长到冬天的借调工作后，尽快回到南方去。直到有一天的清晨，我拉开窗帘，窗外，眼前熟悉的北京的街景全变了，一夜大雪，整个北京城"淹没"在沉静的白色世界中，美得像一幅不敢去触碰的画；美得让我这个在南方出生长大的女子，内心深处埋藏的所有浪漫和天真的情绪，在那一瞬间，被柔软洁白的雪一击而中，我的内心从此沦陷。

从此再也不想回到没有大雪的四季里去了。

我自己特别喜欢有雪的冬天，所以自然就代入了 Andy 的这份惊奇和喜悦。

Andy 妈妈顿了顿，思索道："也许是吧。也许，也是一份天然的缘分。"

Andy 是在 10 岁那年开始接触滑雪运动的。从那以后，Andy 天天要求去那家滑雪俱乐部练习，到了周末和节假日，更是

泡在俱乐部里不愿离开。看到儿子这么喜欢滑雪运动，那年暑假，Andy 爸爸妈妈就决定带他去新西兰旅游。没错，我们处在夏天，新西兰就是下雪的冬季，那时，正是新西兰可以到处滑雪的好季节。

当然要带儿子去滑一次真雪。他们要看看这项运动对 Andy 的吸引力到底有多大。滑雪运动不但对身体素质的要求有一定的门槛，更是考验一个人意志和忍耐力的高强度运动。只有到真正的冰天雪地里去接受挑战，摔倒后还能站起来，依然执着，那才是真的热爱。

Andy 爸爸妈妈带 Andy 去了新西兰一个名为 Treble Cone（三锥山）的滑雪胜地。他们就住在滑雪场附近，第一天上雪道，Andy 妈妈很清楚地记得，一天里，Andy

从早到晚摔了整整三十五次，都是在雪地里摔得连滚带爬。好在那里雪厚，保护措施做得好，雪场教练引导得也到位，Andy 并没有摔伤，但一天下来这样的摔法，也真是够呛。

Andy 妈妈看了都心疼，但 10 岁的 Andy 一声不吭，摔倒了就爬起来，再滑，再摔倒，再爬起来。

"我从来没看到过这个孩子那么顽强过。"Andy 妈妈忆起三年前那次新西兰之行，还是很感慨，她说道，"我们那次在新西兰雪场住了将近二十天，基本上天天都是陪着 Andy 在雪道上度过的。那次滑雪之行，Andy 的改变很大。特别是回到上海以后，俱乐部的教练们再教他，发现他的动作和能力都有了非常大的进步与提升，完全具备了一个滑雪运动者最重要的素质。"

"Andy 很受鼓舞，他对滑雪的自信，也是在那个时候开始树立起来的。再后来，Andy 的人生也完全因为滑雪运动而改变了。"

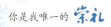

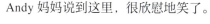

Andy 妈妈说到这里，很欣慰地笑了。

"他很执着。知道自己要做什么，要坚持什么。甚至因为太热爱这项运动，他对自己的未来人生都有了很清晰的规划，并且一直努力去实现。"

听了 Andy 妈妈的这段话，我算了算，有点诧异："你刚才说 Andy 是 10 岁开始接触滑雪，是 2018 年，那他现在也才 13 岁啊，13 岁的孩子会对自己的未来有什么样的想法啊？"

正说着，Andy 回来了，他训练完就直接过来找他妈妈了，身上的雪服还没有来得及换。

Andy 的肤色黑而健康，个子不算高，正处在男孩的发育期，但看得出来精气神很足。Andy 有着一双黑亮的眼睛，微微笑时，露出一口整洁的白牙。

是个阳光俊朗的少年郎。

等他站下，我笑着又问了刚才的问题："Andy，你妈妈说你都想好了，长大以后要做跟滑雪有关的职业，是什么啊？是要进国家队，拿冠军做教练吗？"

Andy 妈妈去一旁帮他收拾背回来的东西。Andy 羞涩地对我笑了笑，想了想，小声却也是很认真地回答我："如果有机会，一定会去多参加比赛，多学习。至于拿名次得冠军，我会努力，但不会太苛求。我觉得能认认真真参与比赛，让自己得到提高，就是很好的收获了。"

我为小男孩清晰睿智的想法点了个赞，继续问他："Andy，你很喜欢滑雪，以后是想做和滑雪有关的工作吗？"

对面的男孩用力点点头，眼睛更亮了："以后我想从事运动管理和运动康复这个行业的工作。"

"这是个新兴的行业，你怎么想到要干这个职业的呢？"我追问。

Andy 答道："我也是自己运动后才明白。其实运动真的是需要非常科学的指导和教练的，这样才能让自己的身体得到很好的调节，不然，不规范有问题的运动方法，反而会让身体机能受损伤，得不偿失。"

说到这里，Andy 侧过脸去看了看那边正在帮他整理外套和背包的妈妈，接着道："我运气很好，一开始学习滑雪，爸爸妈妈就给我请了最好的教练，无论我去哪里滑雪，妈妈也一直陪着我，照顾我生活。所以我知道怎么保护自己，知道平时怎么练好关键部位的肌肉，这样，就算在雪场上不停摔倒，我也没有伤到

169

过骨头。我的肌肉组织护住了我的关节和骨头。但好多人一开始不知道，就容易受伤。还有好多人长年累月运动劳损造成的损伤，也是可以再通过正确的运动来恢复的。我希望我长大了以后能从事这方面的职业，从事跟科学健康的运动管理有关系的工作。"

小小少年一口气说了这么多话，听得我又震惊又感动，感觉到了一个热爱运动的小男孩的超前思维，猛然间，也给我这个懒于运动的人，打开了一个新视野。

原来运动还有这么多学问啊！运动还需要有专业管理这么一种职业！要让身体健康，可不只是动起来就行。看来，在我们的生活水平越来越高的同时，如何让身体健康地运动，也会成为衡量我们幸福指数的一个重要标准。

我在心里情不自禁又给小少年点了个赞。

这时，Andy 妈妈面容温和地走了过来，她见我们都转头过去望着她，就对 Andy 说："Andy，你要不要先回房间去洗个澡？洗完澡下来我们一起去吃饭。"

Andy 应声而去。我夸道："Andy 真懂事，我很少见到一个 13 岁的孩子会这么冷静清楚地知道自己要的是什么，知道自己未来要走的路。"

看得出来 Andy 妈妈真的很欣慰，也有些心疼，她目光眷恋地望着儿子离开的方向，道："是的。但他以前不是这样的，以前他是个不爱讲话懵懵懂懂的小男生，唯一的业余爱好是打游戏。"

"现在还打吗？"我问。

"不打了。现在除了上学，他的业余时间和精力都在滑雪上。这是他喜欢的事，他给自己做的规划，都是围绕着怎么去实现他的人生梦想。"Andy 妈妈道，"我和他爸爸都没有想到，对滑雪运动的热爱，能让他成长、勇敢、坚持，能让他在这个年龄就学会思考人生和未来。这点，真是远远超出了我们陪他去学滑雪的初衷。这份收获，真的远远超过了带他去滑雪这件事本身。这真是惊喜！"

我点点头，赞同道："强壮的不只是身体。这才是运动赋予人最高的境界。"

小小少年的精彩后续

那次和 Andy 他们在崇礼分开后，我们就很长时间没再联系。我有时间还是会从北京开车出发，去我喜欢的崇礼的某一处，安安静静住几天。去那里的山谷森林间呼吸最新鲜的空气，是我一年四季无论春夏秋冬，都愿意不停地去崇礼的理由。

不只是因它有雪。

但我知道 Andy 和他妈妈不太会。所以，分手的时候我们说了来崇礼要再约，但疫情一直反反复复，Andy 要上学，还有很多运动课程要上，如果不是崇礼的雪季来临，我揣测他们来崇礼的可能性并不大，所以，就一直没给他妈妈打电话。

但 Andy 的故事一直很触动我，它让我对这项运动带给青少年的意义有了新的认识，也对国家倡导要让两亿人开展冰雪运动，全力发展崇礼的典范榜样作用再次有了深刻理解。一个国家的强大必然和全民体魄的强健密不可分，而民族的强盛，首先要从我们的孩子，从青少年开始培养并深耕。

写 Andy 的故事的时候，我给他妈妈打

了个电话，我想问问 Andy 现在怎样了。在没有雪的季节，不能出国滑雪锻炼的时候，这个聪明懂事的孩子在忙什么，还在为他的理想继续奋斗吗？

"是的。" Andy 妈妈的声音还是那么温柔好听，她告诉我，"Andy 一直在滑雪俱乐部做力量训练，有时候会去滑雪学校做

志愿者，跟教练一起带初学的小朋友们。他还去参加了"奥地利—中国"的双板一级教练证考试，顺利通过。从来没有这个年龄的孩子拿过证。他最近正在准备学习德语，他说以后要考德国和奥地利那边的体育大学，去学习世界上最先进的运动管理专业，毕业以后回来，把学到的知识都带回国来。"

那个眼睛黑亮的少年还是那么棒啊。

我想起我的邀约，问道："那你们冬天还会来崇礼滑雪吗？"

"当然会的！"Andy 妈妈应道："到时候我们崇礼见哈。对了，我上次说过要把Andy 这三年来取得的滑雪比赛成绩发给你看的，一会儿我就发给你哈。"

我笑着点头。我知道，那不只是比赛的

名次，那是一个母亲的骄傲，是一个孩子的成长带给母亲的骄傲。

我就把这份骄傲放在这里分享。让我们一起见证一个少年的成长。

"SNOW 51 杯滑雪晋级赛第一名；SNOW 51 新浪杯第四名；中国银行 2021 上海市青少年滑雪公开赛第一名；太舞杯第三届全国青少年滑雪公开赛第五名；2021 年上海市少儿体育滑雪联赛第一名（激光）；2021 年上海市少儿体育滑雪联赛第二名（旗门）。"

突然很想写一句话在结尾：少年强，则中国强。

给来滑雪的人的小温暖

写到这里，有一个小误会正好在这里好好解释一下。

以前说起滑雪，有人会觉得一方面容易上瘾，另一方面又消费不菲。所以，很多人就会误以为学滑雪是项花费高昂的、"贵族"或者"精英"们有钱有闲才玩得起的运动。一开始我也这样认为，想想吧，光是要配齐那一套行头，从滑板到雪服，就不便宜，还要加上去往雪场后，食宿行等各项消费。想想就觉得是个不小的数字，光有心可不行，可不是得有钱有闲的人才能参与的吗？

其实，这是误解。

先讲有一次在云顶，午饭时间，我看见滑雪大厅有个角落，有一群人围在那里，忙里忙外，看上去是来滑雪的，都是年轻人。我就停住脚步，有点好奇地问身旁的肖总，他们在做什么。肖总看了一眼，道："哦，那些是来滑雪的孩子，正在用微波炉热饭呢。他们自己带来的便当，云顶有专门的微波炉自助厨房区给他们使用。"我微微睁大了眼，有点不可置信："自己带饭来热？"肖总似

乎很明白我这句问话里更多的含义，道："对，有什么奇怪的？有很多孩子来滑雪自己带餐。很多学生，放假了，坐最早班的高铁过来，滑到下午四五点钟缆车收车，中午吃自己带的饭菜，雪具雪服都在滑雪场租，然后又坐晚上的高铁回北京。这样，他们滑雪的成本就很低，除了雪票就是高铁票。而我们这里所有的雪场，几乎都有针对学生的优惠雪票。"

肖总几乎是把我要问但还没有说出口的几个问题一股脑儿都回答清楚了。

我不好意思地喃喃自语道："我一直以为来滑雪要花很多钱……"

肖总若有所思看了看我，笑起来："你

要是把它当成一项很复杂的事，它就有可能很花钱，但对于单纯就是热爱滑雪的年轻人来说，它可以很简单。"

顿了顿，肖总又道："你可以算一下，一张高铁票，一张有优惠的雪票，再租一套雪具雪服，真的不需要很多钱。而且我们这里的几个雪场，除了星级酒店，也大都配有青年公寓和平价公寓。你想多滑几天，想住下来，无论雪场还是区里的快捷酒店，都能让你没有很大压力。总之，我们崇礼的滑雪场，就是能满足各种需求的人，就是要让各种人都能来滑雪，尤其是学生们、孩子们。"

一席话听得我频频点头。没错，之前在太舞，我那几个摄影小哥就嚷嚷过他们要去住好几个人一间房的青年公寓，是那种有上下铺类似学生宿舍的公寓。摄影小哥们想去住的理由就是，热闹，能重新体会一把学生时代的寝室生活。

只是我没想到，当我以一个吃客的身份在探寻属于崇礼的新旧美食的时候，这样的一个角落，一个冬日里专门给雪友热便当的微波炉自助厨房区，带给我的，是另外的感动。

肖总说的对，对于愿意滑雪的人，来崇礼滑雪，可以很简单。

18

错过翠云山
惊艳翠云山

有些特别难走的路

走一次，

就再也没有难走的路了。

说来惭愧，直到来崇礼的第三个年头，我才来到翠云山。

也是要怪我的摄影小哥们。

我们合作共行多年，每次一起出去工作，都已经有了心照不宣的默契。大多数时候不用我多说，他们总是手脚麻利行动迅速地把目的地的各种风景民俗之地都转个遍。有时候他们拍到的照片，找到的景点，更是出乎我的意料，带给我惊喜。

所以我会选择相信他们提前给我的预告。

翠云山号称北京西部第一雾山，山上有大片原生桦树林，风景绮丽秀美，这些，我们早就做过功课了。我们也知道，崇礼的七大滑雪场之一——银河滑雪场，也在翠云山。

山我们见多了，崇礼最不缺的就是山，这个当时没有太引起我的关注，但是滑雪场，我还是要去看看的。我来来回回，从春到夏，又从秋到冬，几乎把崇礼的几个雪场都走遍吃遍住遍。当然，除了滑遍。

可是，摄影小哥们去转了一天后回来告诉我："姐，除了两个

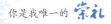

大坑，一大块平地，好几幢正在修的大楼，没看出什么名堂啊！"

"不是有个银河滑雪场吗？没有雪场吗？"我诧异道。

"有。不过现在是秋天，只看见山道，没有雪，所以也看不出来什么名堂。不如等冬天的时候去吧，听说那边的滑雪学校是很不错的。"一个摄影小哥建议道。

我还是微微诧异。但他们这么说了，看来那边还处于建设期，这会儿也不是雪季，就算我要过去，估计也不会比他们多瞧出什么来。再想起好几次从崇礼高速北口路过，看见路口下翠云山那一片地界，的确大都是工地的模样，便暂时放下了去的心思。

在崇礼的第一年，我听说了翠云山和银河，也知道这一山一雪场，都是崇礼很有名的去处，但摄影小哥们的话影响了我，就一直没去。

第二年，崇礼的朋友说："你要不要去翠云山看看，那里山上的森林风景，是崇礼最美的。那里新开了一家云瑧金陵酒店，应该也是目前崇礼最好的酒店，要不要去住一下？

"还有，酒店有一家日料店，是从日本请来的师傅做主厨，味道很正宗，也应该去尝一尝啊。"

朋友真是了解我，几句话一说，我立刻动了心。朋友就帮我定好了房，我决定

这次再启程，自己先去崇礼的翠云山看看。

不巧，我临时有急事要去江苏，那次的行程取消，而我在江苏，也是一待就好几个月，第二年的翠云山之行就这样又一次搁置了。

第三年，时间到了 2021 年，3 月，我刚在万龙雪场吃完那顿盛大的自助餐，被几百种菜品弄得头晕眼花失去理智。饱食三餐后，又想起我的减肥计划，连连懊恼。我这是多吃了多少热量啊，我又不滑雪，这增加的卡路里没处消耗，岂不都得长到我身上了，不行不行，我得赶快溜，不能

再在万龙住下去了。我这种对美食没有丝毫抵抗力的人，还是要眼不见心不"念"地远离这样的饕餮大餐为好。

心念一动，我想起去年相约而未成行的翠云山的日料店。朋友说过，那家日本主厨做的日料，堪称崇礼数一数二的日餐，味道正宗不说，因为环境好，位置少，几乎每次去都得提前订位，不然，肯定吃不到。

那我得去吃啊。

再想一想，翠云山真的应该是我在崇礼为数不多还没有到过的滑雪场，时过两年多，我内心有个很直接的预感，它一定早已不一样了。

我打电话给崇礼的朋友，他乐道："你终于肯去翠云山看看了。日料店还有没有

在营业我不太清楚，他们好像有季节性休整，但翠云山的吴总在，不如你直接去找吴总，让他安排人带你去他们的项目转转。记着要去翠云山，你不上翠云山，怎么可能知道山上是什么样的风景呢。"

说得很对，有个词说"一叶障目"，在我这里就变成"一山障目"了。我不能自以为是啊，以为见过了崇礼其他的山，就胡乱判断此山即彼山。

半个小时后，我就带着小助理从万龙来到了翠云山吴总的办公室里。

这是我第一次真正走进翠云山滑雪场，哦错了，准确的叫法应该是"翠云山银河滑雪场"。车开到崇礼城区最北端，再往前走，路面在施工，这是城区主干道都完

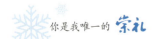

工后延伸到城区外接高速另一口的最后施工路段。然后，前面有块清晰的指示牌，清楚地将我和小助理带到了翠云山项目所在地。

这个时候我才知道，这里雪场的名字是银河滑雪场，但因为翠云山名气更大，所以大家都喜欢把这片统称为翠云山。叫习惯了，翠云山下的银河滑雪场，也就变成了翠云山滑雪场了。

也对。来崇礼的很多人，夏季避暑的首选地，一定是这座闻名遐迩的翠云山了。

吴总是典型的河北人，长相是，性格也是。我去的那天他犯了颈椎病，导致浑身不舒服，本来准备要去医院理疗，正好我也是颈腰椎病的深度受害者，见此情形，同病相怜。我们的话题竟然是从两个病友交流各自的治疗经历和民间偏方开始的。

相同的病痛很快消除了我们第一次见面的陌生感，两个人滔滔不绝起来。面对一个河北本地人，我开始带点得意，也带点炫耀，如数家珍般讲起我这两三年去过的崇礼景点。

吴总面色波澜不惊，微露笑意，不动声色地听着我讲。当我讲到天路，讲到我们团队的小伙伴在草原天路上看到的极致美景带来的震撼时，吴总忍不住挑了挑眉，粗黑的眉头微微皱起，他问我："你们去过天路，那你有没有来过我们翠云山的'小天路'？"

我愣了愣："'小天路'？这个真不知道呢！"

我有点不好意思了："吴总，我还没上过翠云山呢，几次都错过了。'小天路'也是今天第一次听说。今天过来，就是想去翠云山和你们的雪场都看看。"

听闻此言，吴总略一思索，打了个电话，然后对我说道："这样吧，我让司机过来，我陪你们上翠云山，带你们转一次我们的小天路。看了以后你们就会知道，我们翠云山上的小天路，一点都不比草原天路差！"

吴总说得无比自信，且斩钉截铁。而且说到这里，他浑身不舒服的肩颈疼痛好像也没有了，要去做理疗的事情也忘得一干二净。我大喜过望，能让最了解翠云山

的吴总陪着我一起上山，让他来告诉我他们这个项目的概况，当然求之不得。我可一点不打算客气，也不打算假意提醒他还有要去治疗的事。

司机开车过来了，看得出来这辆丰田霸道刚洗过。吴总瞧了一眼，坐上前排副驾驶位时对司机小朱说了一句："小朱，你白洗车了，一会儿得去泥里滚一圈了。"黑黑脸庞的司机小朱习以为常地"嘿嘿"笑了两声。

我和小助理坐在后面，晴空万里，天气很好，也没有一点要下雨的迹象，为什么吴总会说车白洗了呢？但我很快就知道吴总说这话的意思了。

我们先是顺着先前右拐进来的那个岔路口出去，再往前开。驶过一大片碧绿的草坪，草坪连着一池面积同样很大的湖，湖的那边，是一排临湖的商街，已经完工，

外立面也基本完成。再仔细看，商街和湖水相连的那一侧，有一条顺着湖边逶迤而建的栈道徐徐延伸。再望过去，商街后面就是之前崇礼朋友给我推荐的，整个张家口地区最好的五星级酒店——云瑧金陵翠云山酒店了。

是一幢很漂亮也很有气势的大楼，也是我每次路过都会情不自禁被吸引住目光的一幢建筑。

接着往后看，会发现云瑧金陵酒店是依山傍水的。前面就是刚才提到的大湖，后面背靠的山必定是翠云山一脉。面向酒店的山这面，有数十道雪道，雪季接近尾声，近崇礼城区的滑雪场的雪也化得更快一些，远远看去，那些雪道的雪半融不融，和道旁山体上的泥土岩石和林木，组合成了那座山脉特有的风景。

那就是崇礼滑雪场所有山体特有的景色。

我后来理解为，那也是人类通过一座山上的一道道轨道，和大自然亲近互动的一处场所。

我想了想，那个大湖和草坪，莫不是摄影小哥们最开始来看到的那两个大坑吧。此刻，它们都已变成了绝佳的休闲观景地。

"为什么翠云山这里会有这么大的湖？"我忍不住问吴总。在我印象里崇礼多山多雪，水系众多，可没听说有湖啊。

"我们挖的。"吴总朗声道，"我们

挖了冬天给造雪机蓄水的水池，就一物多用，把它优化成了春夏秋三季都能观景休闲的湖，是不是很漂亮？"

"真是好主意！"

"还有那边。"吴总指着那片草坪后的路前方，道，"那边未来是一个体育公园，刚才驶过的草坪的马路斜对面，是年底就将通车的京张高铁崇礼站。"

我吃惊地回道："这么快就通车了？我听说过这个站，但没想到崇礼站是开在你们翠云山的家门口。那岂不是以后下了高铁站穿过草坪和湖畔，就到奥雪小镇的家里了？"

吴总声音更大了："对啊！今年冬天来滑雪，出了高铁站，穿过马路就到滑雪大厅。"

这可真是得天独厚的地理位置啊。太子城几大雪场有的，翠云山都有；太子城没有的，比如说紧邻城区，生活接地气，高铁站直达，交通极方便，又独靠翠云山，享受整个张家口地区最有名的名山风景，这种种增值加分项，其他几个雪场好像都

没有。

我啧啧赞叹，心里开始埋怨摄影小哥们这次看漏眼了。

车再行进，开始往山里开去，明显感觉路狭窄也难走了些。过一个斜斜的山坡路段时，吴总让司机减慢了车速，他让我们看车窗两边，说道："你们再看，这边是国家滑雪队的集训滑雪场——长城岭滑雪场，现在也统一归到了我们翠云山大项目里。以后银河滑雪场做初中级滑雪道，长城岭做高级滑雪道，这样，整个雪道建设就完整了，能满足不同水准的滑雪者的

需求。而且我们还会在这里做适合四季滑雪的室外全封闭恒温滑雪道。全国也没几个这样的雪道的。看那边，那是国家队集训住的公寓楼。"

好家伙，还没上山见识"小天路"呢，我已经为吴总这一连串令人应接不暇的介绍折服了。我深吸了一口气，连连告诉自己稳住。

到了翠云山森林公园大门口，绿色扑面而来。尽管是冬尽春初，但从大门口进山处层层叠叠依山势而生，高耸入云的大片原始桦树林倔强存在的黄绿枝叶上，还

是能够感受到浓烈的森林的气息。

森林的气息，真的是需要有这样充满了原生态的林木才能凝成。

我们的车直接开上山路，目光一瞥，我看见大门入口处左手边的林间有一条弯弯曲曲直通向山间的林木栈道。杉树和桦树林间，光影斑驳，栈道旁满是及人高的草丛和星星点点的小野花。

这样优雅的林间栈道，是我在崇礼山间第一次看到。

"要是能顺着这条木栈道走到山顶上……"我优雅地浮想联翩，浮想能优雅地在山间穿行，优雅地触摸草叶林木间最新鲜的露珠。

吴总好像看出了我在想什么，他说道："先带你们走小天路，看翠云山全貌。整个翠云山小天路一圈走下来有 45 公里。下次你们不如直接住下来，再慢慢体验这里的景色。这里值得慢慢玩。"

都不用吴总建议，我已经决定要安排自己在这里住一段时间了。

"吴总，翠云山什么季节最美？"我问。

"夏季。冬天雪大，就封山了。夏天的翠云山是最好的避暑胜地，整个 7 月、8

月的最高温度都不会超过 20 摄氏度，那个时候，山上所有的树也全绿了。"

那就一言为定。上山路上，我就暗自决定了今年夏天我要住在"翠云山的夏季"里。

回到正题，我该用什么样的描述来写出我们那天看到的翠云山小天路呢？

想了想，觉得有些风景真的不适合说，只适合去看，一定要去。所以，我只能在这里强烈推荐，如果有机会去到翠云山，哪怕已经去过草原天路了，翠云山的小天路还是值得专门去走一次。

风景各不相同，风情尽在心中。

能够号称"小天路"，自然是把天路上最美最好的风景都浓缩在了这里。

我在这里就只解开一个谜吧。为什么出发前万里晴空的天气，吴总会对司机小朱说他白洗车了？原来，翠云山 45 公里小天路上，有一段 5 公里的路程是在密林间，道路完全是野道，积雪欲化不化的 3 月，路面泥泞湿滑，车轮碾过，只觉要陷入泥淖。有一段俯冲路段，很是惊险刺激。车行至此，无论驾驶者还是乘坐者，都能深刻体验一把那种凭力量穿越险途的快感和兴奋。

夏季的翠云山，除了有山地骑行，还有越野飙车。这 5 公里密林野道，就是给爱好征战野途的勇敢者开辟留存的跋涉之路。

路好不好走，我们不能决定，但走不走，一定是我们能决定的。

有些特别难走的路走一次，就再也没有难走的路了。

所以现在知道了，为什么那天的车白洗了。

翠云山小解

翠云山国际旅游度假区面积达 78 平方公里，森林覆盖率为 85.7%，无可比拟的森林资源冠绝崇礼。

翠云山国际旅游度假区项目由河北旅投集团负责开发，整个度假区由翠云山森林风景区、翠云山银河滑雪场和翠云山奥雪小镇三大组团组成。兼具观光游览、休闲度假和开展全季户外运动的便利条件，是河北旅投集团在崇礼倾力打造的全季、全龄、全家庭森林游养目的地。

翠云山属太行山余脉燕山北麓大马群山的一部分。这里年平均气温 1 摄氏度，夏季最热的 7 月份平均温度为 17 摄氏度。

翠云山的云雾奇观是大自然的恩赐，也是人类精心护养生态环境的典范。翠云山周围山连山、岭连岭，有大片原始桦树林。除 70% 的天然桦树林外，还有近 40 年来人工栽植的落叶松、云杉等诸多树种。翠云山现已成为京西地区最大的森林自然景观之一。龙生雨、虎生风、林生云，大片的林地养土蓄水。大雨无洪水，小雨不见流，形成独特的山区小气候。"京西第一雾山"也由此而闻名。

在山里治好了
三年治不好的病

有一次，在北京和几位经营健康会所以及健身房的朋友聊天，说起现在城里人的各种亚健康问题，便各种叹息。一位大哥说，他才十几岁的儿子电脑手机游戏玩多了，年纪轻轻颈椎病比他还严重，都不知道该怎么说他才好。

我笑了笑，道："让他去学滑雪吧。只要他学会了滑雪，保证他不但身体变好，也绝对会放下不离手的手机游戏。"

一起的一个三十岁左右的年轻人闻言问道："你是说崇礼吗？是要举办冬奥会的那个崇礼的滑雪场吗？"

我有点遇到同道知音的喜悦，望着他连连点头称是。

"你去过崇礼？"我问他，"是去滑雪吗？"

他点点头，又摇摇头。

他叫小白。小白道："我去过崇礼，但不是滑雪。我知道那里有一座空气非常好的山。有一段时间，我爱人身体很不好，她一直多病，前几年心肺功能也都出现了严重问题，来来回回在医院治了三年，不见太大起色。都是慢性病，医生也没有更好的办法，只建议她好好养着。后来，经朋友介绍去了崇礼，她一去就喜欢上了那里，说空气特别好，住着就不想走。再后来，她就索性在那

里靠山的一个旅游小区住宅里租了套房，住了三个月，待了一个夏天。她住在那里，都不想回北京了，我就每个周末过去看她。结果真的是奇了，三个月后，她所有的慢性病都好了，也没有吃药，就是住在山里休养生息，每天去转山，呼吸新鲜空气，病就好了！"

小白说起这事有些惊奇和欣喜，我却是一副心知肚明的了然神色。

作为一个在在座诸位中对崇礼最有发言权的人，我自然知道他说的是哪一座山，也能大致猜出他爱人是住在哪里。

我一点都不怀疑那座山的神奇功能。

19

从北海道雪场
来到崇礼的
日本人

"······能参与到这场

中国举办的奥运会中来，

对每个国家的人来说，

都是幸运的。"

从翠云山小天路下来的路上，我终于想起要问吴总我关心的另一个要紧问题了："吴总，久闻你们酒店日料餐厅的大名了，现在还开着吗，我是否有幸去品尝一下啊？"

说完就骂自己真没出息，刚在万龙的自助餐厅吃饱喝足，懊恼不已地想控制一下增加的热量，一转头，又在问吃食，看来，我在做一枚"死性不改"的吃货的路上狂奔，真是无药可救了。

听了我的话，吴总惋惜道："这次你要失望了。因为疫情反复，我们对日料店的原材料要求比较高，目前有些食材进不来，正好又到了雪季收尾的时候，就停业了。再开业可能得等到夏季了。但日料店的那位主厨在，你要不要先和后藤先生聊一聊？"

"那太好了。"我一口应允。

吴总又道："这样吧，我让办公室的小薛帮你联系好。对了，我们这里有两位日本人，另一位是负责管理整个雪场的安藤先生。这两位日本人都是我们从北海道雪场聘请来的，平时两个人都在一起，形影不离，要不你就和他们俩一起聊吧。"

这可真是好极了。虽然暂时吃不成日料，但能和做日料的日本师傅还有翠云山雪场的日本高管聊天，听听他们在崇礼的感受感想，其实更合我意啊。

我连连向吴总表示感谢。吴总又笑道："知道你们喜欢听故事。小薛是张家口人，在这里工作了好几年，你们要是想知道张家口和崇礼的本地故事，想去哪里看看，都可以约她带你们去。"

安排得如此妥帖，一时之间我反而找不到更能表达感谢的话来说，只有将右手食指举在额间轻轻抵了抵，欲言又止，讪讪笑了笑。

张家口姑娘小薛，细高挑儿，皮肤白皙，五官清秀，留了一头平滑齐整的过耳短发，一件宽松的男友味西装套在卫衣外面，再搭配上牛仔裤，很是青春亮眼。

在云瑧金陵酒店大厅和她见第一面的时候，我就直接对着她感叹："美女，你怎么没去当模特啊，这么高的个子，这么好的身材！"

被我夸得有些不好意思了，小薛微微红了脸，赶紧岔开话题，道："丹姐，我帮你约好安藤先生和后藤先生了，等一会儿他们就过来。"

顿了顿，小薛又道："丹姐，有位日语翻译一直跟着他们的，我让她也一起过来，这样你们聊天就不会有困难。"

一样的细心妥帖，让人觉得温暖亲切。

也让我忍不住站在大厅入口处，就愿意和这位 90 后小妹妹先聊起天来。

我问小薛："小薛，为什么你们雪场会想到要请一位日本人来管理啊，毕竟语言不通，还得配翻译给他。安藤总经理在这里工作多少年了？"

小薛边陪着我向大堂吧廊走去，边道："安藤先生吗，他在这里工作快五年了。我听说他以前在北海道的雪场工作过很多

年，经验很丰富。日本经营雪场的历史比我们国家久，雪场的管理水平也高，我们当然要引进有经验的团队，来帮我们把最开始的基础和起步都规范化、标准化啊。"

是这个道理。以前没有崇礼的各大滑雪场，每到冬天，国内渐渐壮大的滑雪者队伍，不是到东北滑，就是飞出国门到欧洲和日本滑。日本北海道滑雪场，的确是一众国内雪友趋之若鹜的滑雪胜地，有着很多年久负盛名的滑雪史。北海道雪场丰富的管理经验，的确值得我们国内新兴的雪场借鉴学习。

从一开始就把规矩按照正确的方式立好，就能少走很多弯路，这样的付出和投入，当然是值得的。

也是必需的。

想到这里，我忽然想起一个问题。这一两年来，因为疫情的原因，崇礼的雪场也和各行各业一样，受到很大冲击。完全靠旅游和季节性营业盈利的滑雪场，刚刚度过前些年的巨大投入期，本来可以靠冬奥的红利推广扩大影响力，只是没想到，这两年无论淡季还是黄金雪季，为配合好疫情管控，都不得不频频停业。很多雪场停业期间为减少开支，也会给员工放一些长假。那安藤和后藤先生呢？疫情期间，他们俩是一直就待在崇礼，还是会回日本去？

我问了我的问题。

小薛回道："安藤先生和后藤先生一直在崇礼。他们是负责人，而且雪场虽然停业，但是雪场建设和管理的工作一直没停过。丹姐你也知道，我们有更重要的工作，就是备战冬奥会。我们这边所有的准备工作都是为了要把冬奥会开好。"

说话间，我和小薛已在酒店吧廊的沙发坐下。云瑧金陵酒店的大厅气派敞亮，尤其是朝向雪道的那面。大堂空间开阔，层高极高，这样，面向雪道那一整面的玻璃也又高又敞亮，坐在吧廊的任意一张沙发座里，都能很清晰地将前面坡道上的每一条雪道一览无遗。

这也是一个冬日里看滑雪品佳茗的绝佳位置。

小薛陪着我在等那两位日本人的到来。时间还早，小薛继续跟我聊着天，她像忽然想起另一件事，道："丹姐，你说起疫情，那个安藤先生在去年疫情最严重的时候，还曾经专门去找过公司领导。"

"哦？"我脸上浮现起问号，好奇道，"是什么事呢？"

小薛道："那会儿崇礼所有的雪场都停了，没有人来，也不知道什么时候才能恢复正常经营。公司就只有减薪裁员，让部分员工减薪回家休整，也让一些临时工先回去，等情况好转后等候通知再回来。"

我叹了口气，在自然的灾难面前，人类能做的，唯有积蓄力量，一起熬过。

小薛继续道："公司每一位领导都带头减薪，唯有安藤和后藤先生没有。因为他们是公司从日本请来的高管，跟公司签了合同的，不在减薪之列，公司也不可能减他们的薪酬。可是，安藤先生知道公司在减薪裁员的消息，就找到公司领导，主动提出也要减薪。他说他现在不需要那么多工资，他愿意把自己减掉的薪酬拿出来，弥补给员工，让他们不要离开，还能继续留在雪场工作。"

我端向唇边的水杯停住了，内心莫名地柔软起来。安藤先生还没有来，但小薛告诉我的发生在这个日本人身上的故事，很自然地就打动了我，让我对还没有见面的两位日本友人平添一份敬意和好感。

在世界性的灾害面前，人类的团结和友好，也从来都是不分国界的。

正感慨间，年轻的翻译带着安藤先生和后藤先生从酒店大门口走过来了。非常准时。小薛迎了上去，我们很快打了招呼。安藤和后藤身材都不高，但都精神矍铄。他们的头发微微花白，对我们每个人都双手合十，对我们提前到来的等候一边道着歉，一边不停行着标准的日式鞠躬礼，弄得我和小薛也赶紧收回伸出去的手，依样回起鞠躬礼来。

落座。倚着高挑透亮的落地玻璃，我们围着沙发坐下来。

虽说在崇礼住了有五年了，但安藤先生的中文还真不行，我们交流，全程得靠那位一直跟着他们的日语翻译。

年轻的翻译把我一股脑儿提出的问题转述后，又一并回答了我。

原来，安藤和后藤在北海道雪场的时候就是工作伙伴，他们一个做雪场管理工作，一个负责雪场的餐饮。安藤受邀来到中国崇礼的雪场后，知道了正在筹备开业的云瑧金陵酒店要做日料餐厅，想寻找正宗的日料店主厨，就推荐了自己的朋友后藤。两位昔日的好朋友就这样，很幸运地继续在中国成为工作伙伴。

我觉得自己有几个很重要的问题要专门问。

此处就省去翻译的转述，直接放我和两位日本朋友的对话。

我问他们："习惯和喜欢在崇礼的生活吗？"

安藤和后藤的脸上都有微微的笑意："习惯。不习惯我们也不会在这里一待就是五年。这里生活越来越方便，当地居民很友好，这几年知道崇礼，来滑雪的人也越来越多了。"

我对安藤道："安藤先生，我听说了您主动去要求减薪的故事，您的做法让我很感动，当时，您怎么会想到要这样做？"

安藤略有点不好意思，迟疑片刻，道：

"每个人都会这样做的，每个人都在这样做。我也是公司的员工，我只是出一点点小力。有困难，应该大家一起来度过。"

我又问后藤："听很多朋友说过云瑧金陵酒店的日料是最正宗的，后藤先生您能告诉我您的招牌菜是什么吗？为什么正宗？"

后藤也想了想，很认真道："应该是寿司和汤煲。我都是按照在日本的做法在做，所有原料都是我来选。我希望能让来这里的每一位客人，都吃到北海道的日式正餐。"

最后一个问题，很常规，我能预知到将听到的答案，但我还是问了他们两位。

"为什么愿意来到中国的这样一个山区小城？"

对面的两位日本朋友都羞涩地笑了，展现了发自内心的坦诚和明了。

答案如我所预知的一样。

"因为这里有冬奥会啊。这是中国第一次举办冬季奥运会，能参与到这场中国举办的奥运会中来，对每个国家的人来说，都是幸运的。很幸运我们能看到这座山区小城市这么大的变化。"

"很高兴我们都在。"安藤补充道。

是的，很高兴我们都在。

很高兴我们都因为北京冬奥而在这里。

20

滑雪学校的
帅哥校长

既然我认识他了，

那，当然……

下一个雪季，

崇礼雪场见。

You are my only Chongli

　　和两位日本朋友聊完后，小薛说："丹姐，还有一个人，我觉得你一定要见一下。"

　　"谁？"我问。

　　"一位大帅哥。好多人都想认识他呢。"小薛笑道。

　　"为什么好多人都想认识他？真的超帅吗？"我饶有兴致问起来。

　　看见我被成功勾起了兴趣，小薛又捂嘴乐："先不讨论他是不是超级帅的问题，先问一下丹姐，你滑雪吗？"

　　这个问题，我在崇礼已经被频频打击过，所以也不在乎再次自揭其短了。我"百炼成钢"地回答道："不会啊。我还没开始学呢。不过我一直觉得我应该找一个很厉害的教练来教我才行。没什么运动细胞的人，就只能靠天才教练的点拨了。我觉得我一直没去学的原因，就是我还没有找到肯教我的教练。"

话说得理直气壮却毫无道理，逻辑也很混乱。小薛听了却一拍掌，乐道："那就对了！这位大帅哥就是我们雪场银河滑雪学校的校长，王晓峰。他可是高手，专业运动员出身。再不会滑雪的人经他调教，都能学出来的。我介绍给你认识。"

"一言为定哈。"我和她击掌约定，大笑道，"重点还是帅哥。"

所以，我和帅哥校长王晓峰就在云瑧金陵酒店的大堂吧廊约了碰面。

这次小薛没有陪我。我从酒店客房下来的时候，往大堂吧廊那边望去，看见一个中等个头儿的男子正站在那里张望寻人。看侧影，就能看到他身穿的圆领运动款T恤包裹下的隐约可见的肱二头肌，和健壮却不粗壮的身姿。

不用说，一定是已经通过电话的王校长了。

我迎上去，和传说中的帅哥校长打招呼，相视而笑。

当然是帅哥。只不过王晓峰校长的帅，和我们现在在某些影视剧中看到的花样美男的"帅哥"定义完全不一样。个子不高不矮的他一点不柔弱，但也不是壮，他就是那种非常健康俊朗的帅气，带着明显的运动员特有的干练气质。脸上和身上一点赘肉、一丝浮夸的状态都没有，小麦色的肌肤中透着浅浅的黑红，微笑的时候看上去很亲切。重点是他的眼睛一直自带微笑，是一双天生的笑眼。

王晓峰看上去三十岁出头的样子。他坐在我对面，两分钟时间，我就莫名地觉得他像我学生时代一位体育老师。体育课上我永远短跑不及格，一旁拿着秒表计时的体育老师永远微微笑着，不急不躁，心平气和地一遍遍鼓励我。就算我泄气不想跑了，好脾气的体育老师也不会罚我，更不会像教导主任那般苦口婆心，而只是笑一笑，就让我瘫坐在学校操场的长椅上，歇到下课，歇到我自己重拾信心。

好吧，我顷刻就认定了这就是我要找

就应该首先了解：为什么那些滑雪的人，愿意花那么多时间，一点一点把臃肿的雪服穿在身上。而花一两个小时去穿雪服，再从山下坐二十几分钟缆车上山，然后，从山上面滑下来的时间一次只有几分钟。一天之内，从早到晚，满打满算地滑，一滑而下的时间全部加起来，都不如他们穿一件衣服的时间长。但所有爱上滑雪的人，都乐此不疲。"

　　"这是为什么呢？"这个问题真的曾经困扰过我，也是我每次下决心抓起那一堆雪服雪鞋和雪具，又头昏脑涨放弃的主要原因。

　　当然，我这种运动懒人是个例外，不可做参考。但滑雪到底为什么这么吸引人，为什么是一项让人上瘾的运动，乃至会被戏称为"白色鸦片"？那一定是很多还没有走入雪场，期待、向往这项运动的人共同的疑问。

　　如果说曾经，滑雪还是一项带点"高大上"的运动，是一项还要去遥远的欧洲、去日本北海道的冰天雪地才能进行的运动，那现在，对于北京和北京周边城市的人来说，它就在崇礼了。

　　近在咫尺，有着世界一流水准的崇礼滑雪场，让我们每一个热爱运动、向往冰雪和自然的普通人，都能梦想成真，也就都想多了解一下类似的问题。

　　这样的问题，由滑雪运动员出身的张

的滑雪体育教练。不管我学不学得会，也不管我能坚持学多久，都不会让我有压力。

　　自责了一下：为什么我会是这样的一种学习态度？！

　　转回正题。

　　帅哥校长当然知道我不会滑雪的真相，所以，当我向他发出来自深藏在我灵魂深处很长时间的这个问题时，他笑眼弯弯又波澜不惊的面容上，一点也没有显露出嫌我的问题幼稚的表情，依旧淡定从容。

　　我问校长："王校长，我一来崇礼，我的朋友就告诉我，说我如果想真的了解滑雪这项运动能带给人什么样的感受，我家口人，又在银河滑雪学校当了五年多校长的王晓峰来回答，肯定是最有说服力的。

我的问题来自内心深处，王校长的回答不紧不慢。

他仿佛有点答非所问地说："这样吧，我给你讲几个雪友的真实故事，是我的雪友，也是我的好朋友，他们年年都会来崇礼滑雪。

"第一个，我有两个在北京金融行业工作的高管朋友，他们身处高位，压力也极大。大到什么程度呢，一个常年失眠，不吃安眠药就完全没办法正常入睡；另一个，一直有抑郁症，看了很多心理医师，

效果都不明显。后来，他们经朋友介绍来崇礼开始学习滑雪，坚持得很好，一年多以后，两个人的症状都消除了，都不用吃任何药了。

"第二个，有一位深圳的雪友，每到雪季的周末，雷打不动，周五晚上的航班飞北京张家口，再转车到崇礼，滑两天雪，周日最后一滑结束后，才会坐夜班机赶回深圳去。他是有自己的企业，但周末再重要的商务活动都不会安排。他说，没有比在雪季里去滑雪更重要的事情了。他所有的压力和紧绷的情绪，只有在白雪茫茫的雪场上一滑而下，才能尽情释放。滑雪，

成为他最重要的人生加油站。

"第三个比较有意思，是北京一家医院的骨科医生，我不便说是哪家医院。他也是个滑雪深度发烧友，有一年雪季，恰逢医院要将他借调到海南的分院去工作三个月，他急了，思前想后，实在不想错过这等了一年的雪季，就利用自己的专业知识，把自己的右腿打上了夹板，伤筋动骨一百天，直接去院长那里请了三个月的病假，转头跑到崇礼来住下，心一横，滑完了整整一个雪季才回去。他走的时候我才知道实情，真有点哭笑不得。"

但这也让我再次明白了滑雪运动的强大魅力。

我若有所思道："王校长，你讲的这几件事，让我好像有点明白之前万龙雪场罗力说过的话了。他说，只有从事滑雪这

项运动，人体所释放的多巴胺才是最强大和猛烈的，带给人的运动快感和愉悦也是最多的。在运动中释放最多的多巴胺，也就是释放了人体内最大的压力。"

王晓峰点头赞同："滑雪在带给人强壮的体魄以外，还带给人健康的内心。"

"滑雪是一项充满了激情、奔放又真正开阔心灵的运动。"他又补充道。

好了，我要的答案基本得到了。现在是另一个更重要的问题了，我虚心认真地再问王校长："那我应该怎么开始学滑雪？"

笑眼弯弯的帅哥校长看了看我，也认真道："首先，要找一个好的滑雪学校，重在教技术，而不仅仅是服务。正确的技术和姿势，能让你少走许多弯路，并终身获益。然后，来崇礼，爱上滑雪。"

最后一句话让我"扑哧"一声笑了。但我知道王校长说的是对的。

但既然小薛说过，很多人都想认识王校长，那一定不只是因为他帅，一定是因为他教滑雪教得好。一定是因为他浑身上下洋溢着的，健康而明朗的运动生涯带来的那份气质，那是所有精致标准的五官都比不了的帅气。

既然我认识他了，那，当然……

下一个雪季，崇礼雪场见。

21

穿行在
堡子里的
陈年往事里

那些渗透在百年砖瓦间，

若隐若现，

曾经繁华的时光，

就这样轮回而来。

"为什么我在崇礼，只看到有散落在远山深谷间的野长城的痕迹，为什么我没有看到过有古城墙古街道的踪影？这里不是千年边塞重镇吗？"

我摇晃着红酒杯，正和小薛在云臻金陵酒店九楼的中餐厅，望着远处群山那一抹美得晃眼的夕阳余晖，纳闷地问道。

小薛闻言，迅速从她也正半举到脸颊前的酒杯杯沿上抬起眼帘，诧异道："谁说没有？当然有啊，就在张家口。张家口的堡子里和大境门啊！我小时候经常去玩耍，我在那里长大的。我的家就在那附近啊。"

夕阳的余光应声落下，我歪了歪头，睁大眼睛略带疑问地看着小薛。

小薛笑起来："张家口的历史自然也是崇礼的历史。我带你去。那边我最熟了。"

我想起来了，我曾经在网上搜到过一组拍张家口古街巷堡子里的图片。狭长的灰石板路，在两旁都如矮城墙般的灰白色大石间向前伸展，蓝天白云，太阳从顶上同样灰白的瓦片上方笔直地射下一道光芒，肃然舒朗间，一派北方古城的意境透过图片跃然而出。

两相比较，北方的城和南国的镇，风情风貌始终是不一样的——南国多软糯温润，北方皆苍茫大气。这也是我私下以为的，北方会有长城横亘，南方却是阡陌河贯的缘由之一。

在任何一座新的城镇游走，当然要去一下它们最古老的街巷，那些有生活的烟火气息，斑斑点点间，才能让我们看见最真实的地貌人情和过往。

开车从崇礼到张家口的高速，是一段同样风清山阔的路程。全程高速，但弯道也不少。纤丽秀气的小薛开起她的车来却

是又快又稳，像开赛车，一路疾速向前。看来这条回家的路她不知道开了多少次了。

这是我第一次进张家口市区，小薛说张家口不大，就带着我先在市区的几条主干道转了一圈。我很惊喜地发现，张家口市区是有一条宽阔的河道在城中间穿过的。这个季节，河水很充沛地流淌着，晴朗无比的阳光下，微微泛起的波浪闪烁着金色的光芒。河水清澈，两岸的楼房桥梁和白云之上的蓝天，清晰倒映在水中，像一面刚刚清洗过的镜面，亮得耀眼。

小薛说："这条河是张家口的母亲河，叫清水河，它源头上就是从崇礼桦皮岭的山沟里流过来的。"

我们的车穿过城中心一处很大的转盘后，就拐进了一侧楼宇旁的窄巷道中。道

路陡然变得很窄，两旁街面开始有些小商贩的小摊架在门口，卖着一些本地吃食，还有一两家小店的台阶上，重复播放的喇叭里在声嘶力竭地吆喝。道路变得拥挤起来，这个时候，若从前方小巷深处，歪歪扭扭迎面开过来一辆出行的车辆，错车之处，就会显得无比艰难，需要小心翼翼。

小薛把车往前慢慢又挪了点距离，看看两边，甩了甩耳边的短发，道："前面就是堡子里，车不能开了。丹姐你先下车，我在这附近找个地方停车吧。"

我下了车，站在小摊林立、人来人往的巷道口等小薛。路边的小贩是位大妈，扎着头巾，肤色黝黑。从她身后的店棚看

得出来是老房子重装了门面，门上方还斜插着一面布幡，在轻轻招展。顺着小店望过去，在小薛说的"前面就是堡子里"的巷子深处，也是这样的旧瓦房，却是安静了许多，里面看不到有嘈杂的商铺小摊，隐隐约约间，倒是有孩童或老人的身影从巷口的尽头时时闪现。

应该是条曾经有住家的老街巷子。这些年，老的东西少了，也珍贵了，来的人就多了，靠近入口的地方，就首先聚集了卖地方杂什的摊铺。

那位倚门而立的大妈微微眯着眼睛，看我走近，便抓起摊上的一袋东西，在我面前热情而殷勤地展示并推销道："大妹子，要不要来袋山里的核桃，很新鲜的，我们自己去村里收来的，商场肯定买不到。来，尝尝，不好吃不要钱。"

这个场景似曾相识，我想起在崇礼后街集市的那次"撞见"。

总是要在离开了标准统一的现代化超市的旧巷道里，我们才能在猛然一瞥之间，遇见这座城镇的老故事和旧人情。

这样的场景不整洁、拥挤、喧闹，甚至还有些乱哄哄的脏，但和摊贩间一不小心你来我往地聊欢了，一番讨价还价后成交，那份小小的窃喜和狡黠中，却是藏了不可言传的世俗的小快乐。

小薛停好了车，挥着手走过来和我会合。她看了看巷子里的路面，道："走吧，

丹姐，我带你进去转一圈。不过好像是在挖路重新埋管道，路不好走，你小心脚下。"

是，我们俩那次去的时候，整个堡子里的巷子路面都在挖。本来就窄的巷子，几乎被翻挖上来的泥土石块塞满。巷子在埋线布管，窄窄的巷道一分为二地在施工，一边挖出了沟壑，另一边，就被挖上来的泥石堆满。坑坑洼洼的，让那排本就低矮陈旧的民房显得更加凌乱不堪了。

小心避开那些石包土坑，走到巷子一头，驻足再看，这边又分出好几条宽窄不同的老旧巷道。也是有的在挖，有的挖一段，停一段。路都不好走。巷道两侧的屋檐上，电线和电视天线不规则地穿行交插在空中，从这家的墙头伸出，又凌空伸进了另一家

的房顶下，把这些排排独门独户的老房子错综复杂地连在了一起。

平房延伸，院落相连，黑瓦灰墙间，偶尔冒出几株小草和一块块青苔。

我和小薛挑了看上去好走一些的巷子闲逛溜达。她一边走一边说："小时候我和同伴们经常过来玩的，以前这里还很热闹，算是个比较集中的老街市，也是张家口现存的最老的街市。记得我爷爷奶奶说，他们小的时候，堡子里就一直在。现在都流行寻找城市的根源，这里，应该是张家口市区的'根'和'原点'了。"

这个我知道，难得的是，这片紧贴新市区，掩藏在城市新楼后面的老街巷，还能以如此的形态留存在原地。纵使它时不

反而让那间老屋突生出一分莫名的生气和平衡。

有的院子门敞开着，路过时不经意间望一眼，里面有两三位老人端了小凳子坐在阳光下的院落中，自顾自专注聊天，对门外张望的路人和飞扬着尘土的施工见怪不怪，置若罔闻。

还有的门口稍宽一点的地方，贴着墙根歪歪扭扭停着一辆小面包车，惊险万分地前轮架在快挖空的路道边缘，让人担心它会不会掉下去的同时，又在好奇，这么窄的路面，这车是怎么开进来的。

最有意思的是我们走到另一处热闹点儿的巷道时，我看见有一面墙上贴了一张醒目的标语提示——除了爱情，都要排队！再仔细一看，旁边还有一块牌匾，上面写的是——堡子里街道办事处。

我和小薛都忍不住笑了起来。

人生大事，在这一派市井俚俗的烟火尘埃里，用这样不容置疑的态度排位，这当真是最最有人情味儿的古巷道了。

而那些渗透在百年砖瓦间，若隐若现，曾经繁华的时光，就这样轮回而来。

站在这样真实的街巷里，再读一遍关于堡子里的陈年往事，生活便不由自主地活色生香起来。

时被挖开填进一些新时代的元素，但是它原始的骨骼和气息，只要进来寻找，总是在的。

一路走过，那些老房子里，大都有人在住。

有的大门被刷新过，红红的新漆涂在两扇半开半合的木门上，从门边的石砖墙和进门处的木门槛，看得出来原有的姿态和格调，却是有些年深日久的陈旧和破落。两相映衬，那新漆的红，和石墙的斑驳，

犹忆往昔
峥嵘温柔岁月记

张家口堡子里，又称下堡，位于张家口市桥西区中部。

堡子里北以万里长城为屏障，西傍赐儿山，东临大清河，可谓依山傍水，虎踞龙盘。

堡子里，明代属京师宣府镇，为万全右卫下辖军堡。宣德四年（1429年），右卫指挥张文始筑城堡，名张家口堡。城高三丈二尺，方四里十三步，东南各开一门。

万历九年（1581年），堡子里加修城堞和角楼。

堡子里是长城防线宣府镇的要塞，在阻止蒙古军队的进犯中一直发挥着重要的作用，历代战争中也从未失守过，成为雄冠北疆的边塞城堡，享有"武城"的称号。

堡子里城堡构造坚固，四角建戍楼各一，东南门楼和西城墙上有瞭望和御敌功能的重檐阁楼，堡内有中营署、守备署，长年驻扎军队。

堡子里建堡之初，堡内的大多建筑为官衙、官邸、豪商私宅、宗教场所占有，后来，依附于城堡的民居、街市才陆续建成。堡东的武城街即因靠近武城而命名，亦是边关重镇商文化和武文化的融结处。据《万全县志》记载，武城街车密人稠，是当时那里的商业中心。

从明隆庆年间的"茶马互市"开始，到1909 年京张铁路的开通，再到辛亥革命后，张家口成为"华北第二商埠"，由武城转向了商城。边境贸易的繁荣，中外商贾的齐聚，都给这里带来了兴旺发达。商人们也投入大量资金，在堡子里修建了那个年代数以百计的深宅大院。

现在所见的堡子里的这些大院多建于明清两代，规模宏大，且多为四合院结构，保存完好。

四合院在建筑、规模、样式上都鲜明地体现出"礼制"及等级差别。当时百姓所住四合院正面不超过三间，不准有歇山式、重檐式、绘画、彩虹门窗等形式；富人家则相反，结构精巧华美，建筑雅致奢丽，门内有彩壁，院内用青砖。大型的四合院皆沿一条轴线排列起来，形成连环院。

堡子里的四合院所特有的古朴、幽静，加上精美的浮雕、红柱、彩廊、绿窗，既是塞外山城民风民俗的生动体现，也是昔日繁华的真实写照。

22

路过大境门

相比较堡子里

几息犹存的人间烟火气，

大境门则像是一处

标准的旅游景点了。

You are my only Chongli

　　我们转完了堡子里，又接着去大境门。

　　相比较堡子里几息犹存的人间烟火气，大境门则像是一处标准的旅游景点了。

　　想象中承载了五百多年历史往事的大境门，几经修缮，似乎成了更加符合众人习惯的拍照点。事实也是，大境门城墙前的广场上停了些旅游巴士，游客们下到广场，三三两两，不是伫立在大境门城门楼前找方位留影，就是顺着城墙边高高的上山石阶，去攀登西太平山上的那列长城。

　　这里的长城也是修缮过的，和我在马驹沟村后山上看到过的野长城是不一样的。长城最远处，烽火台逶迤在山顶上，另有一派巍峨。

　　小薛带着我从大境门入口走进去，里面是一条不算太长的仿古新建筑的街，也是两排商铺，门前吊着红灯笼，门廊上插着不知什么店名的布幡。只是，这排仿照明清时代风格建造的商街，真的太过于景点化了，和我们国内任意一处景点的商街都雷同重复，让看的人提不起兴致来。而且，那些商铺，似乎也都是关着门的，游客寥寥无几，显得冷清孤寂。

小薛站在那里，望着那条仿古新街，似乎想起些什么，道："我小的时候，这里不是这样的。那时候，这里是个集市，我家就住在河的对面，每天很早，就能听见这边热闹的起早。我都记得有板车来往的'吱呀'的响声。"

我顺着她的目光，也看向河那边，那边河岸上，已是几幢崭新的高楼，那些

此起彼伏的童年的记忆，早已消失在岁月里了。

我点点头，对小薛道："我知道，2008年的时候，大境门这一片全部进行了改造和维修。那时候你已经离开张家口去外省读大学了，你现在脑子里的，是你童年时代的记忆。"

小薛微笑，略有些诧异地望着我，在奇怪我怎么会知道这个时间节点。我将手指向一旁的一处石碑上的刻文，道："这里写了一些关于大境门的介绍。算是前世今生的记录吧。如果说有些改变不可避免，

那我们可以用很多种方式，把那些过往如实记录下来。"

路过大境门，那就记住大境门。

作为面对草原、扼守京都的第一道关口，大境门与山海关、居庸关、嘉峪关并称长城"四大关"。而张家口作为万里长城沿线一座由军堡发展起来的城市，它的标志就是位于市区北端东西太平山之间的长城关隘大境门。

1927年，察哈尔督统高维岳在大境门门楣上书写的"大好河山"四个颜体大字，苍劲有力，已然成为张家口的象征。下边红色的三个小字"大境门"虽然比不上"大好河山"有气势，字体也略显稚嫩，但这是万里长城沿线上规格最高的题字，为六岁的顺治皇帝亲笔所提。

大境门段长城，始建于明成化二十一年（1485年），是在北魏长城的基础上修建的，距今已有500多年的历史。站在长城垛口，可以看到远近三座烽火台，最近的那一座，还能看到裸露在外的黄土和丛生的杂草。

相传康熙三十六年（1697年），康熙皇帝远征噶尔丹，胜利之后率大军从大境门进关回京。当皇帝一行人到达大境门的时候，天色已经黑了，城门早已关闭，无奈之下，康熙皇帝只有率军在大境门外驻扎了一夜。后人为了纪念这件事，就为康熙皇帝修筑了一座亭子，是为现在的"卧龙亭"。

1945年8月，八路军冀察主力部队一举解放了被日伪蒙疆政府统治了八年之久的张家口，这是中国共产党领导的八路军从日本侵略者手中夺取的第一座较大城市。八路军雄赳赳开入大境门，因而这里也被誉为"第二延安"。1948年12月，中国人民解放军将国民党军队5万多人从大境门逼出，在正沟一带两山之间的峡谷全部歼灭，张家口获得第二次解放。

大境门旁边有一个特别不起眼的小门，是西境门，又名小境门。开于明万历四十一年（1613年），比大境门早开了31年。小境门门高只有2.7米，宽不到1.6米。别看这座门小，却意义非凡。它是明朝政府下了很大决心才开设的一个门，是中国长城史上的一个转折点。隆庆五年（1571年）蒙汉议和，中原正式敞开了对蒙贸易的大门。但是中原人对游牧民族的戒备心理没有完全消除，为了安全起见，后来就先开设了一个仅容一车一马进出的小门。如今门洞里放了一辆老倌儿车。当时在蒙汉贸易最兴盛的时期，张家口的边贸财政税收

达到了 1.5 亿两白银，占明朝边贸财政税收的三分之一。从小境门地面上遗留至今的那两道深深的车辙，可以看出当时边境贸易的兴盛。

在距离西境门不足 50 米的地方就是来远堡，是当时为了收取互市税银所建的城堡。如果关外的人想进入张家口做生意，必须先到来远堡纳过税才可以进行贸易，所以这个来远堡其实就相当于现在的工商、税务和海关等职能机构。

如果没有万历四十一年长城的城墙上先开凿出的小境门和来远堡，就不会有清朝顺治帝入关后在小境门边开凿的大境门。开门必须修道，于是出现了一条惊天大道——沟通欧亚的张库大道。张库大道从张家口大境门外西沟出发，蜿蜒通往蒙古草原腹地城市乌兰巴托，乌兰巴托也叫库伦，所以这条道被称为"张库大道"。张库大道延伸到俄罗斯恰克图地区，全长达 1400 公里，被誉为"草原丝绸之路"和"草原茶叶之路"。

大境门打开后，长城才结束了大规模的修筑历史。从此，长城由防御的前线关隘蜕变为多民族融合的纽带，把游牧和农耕两种民族形态融合在了一起。如果长城在某种意义上来讲是封闭和保守的，"关"和"口"意味着战争，意味着防御，那"门"就意喻开放、积极、进取。如此张家口近 600 年的历史进程，就是由封闭到开放，最后到走出去，坚守而不保守，形成了一个历史的大变革。

以上种种，皆为收集整理到的关于大境门的典故传说，整理在此，只为那些已经渐渐远去的岁月。

23

/

是非情缘
千年"宫墙雪"

我更愿意

听到和看到的，

还是

跟爱有关的传奇。

You are my only Chongli

　　写到这里，关于崇礼的传说，自然是不得不写一个太子城遗址金章宗行宫的真实故事。

　　前面说过，崇礼有很多民间传说，具体可以落实到每一处的地名、山名和村名，都有它让人不得不信的来头和说法。那些民间故事，在《崇礼画册》这本民俗趣谈里有很详细的描写，不管是真是假，我都当它是一个个特别美好的故事。

　　我认定崇礼就是一个很传奇的地方。

　　要不然崇礼的太子城村为什么会有那么活灵活现的驴太子传说，还曾经找出疑似的太子庙画像呢？

　　只是有传奇还不够，崇礼直接用最真实的皇家行宫遗址来证明了它的非同凡响。

　　那就是被发现的金章宗行宫。

　　我自认为也算是见证了一半位于太子城村最核心位置的金章宗行宫遗址的整个发掘过程：从挖野史，走现场，再加上合理的"想入非非"，目睹一片田埂似的挖掘考古现场，到一座红得耀眼而醒目的遗址公园的拔地而起，这个近千年前的故事得到同步还原。事实再次证明，崇礼的神奇传说都是真的，没有虚构。

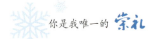

第一次去崇礼，从云顶准备启程返回北京，顺坡道而下，看见大片工地，我自然是问身旁的崇礼朋友："这一片应该就是正在修的奥运核心区了吧？那边是冬奥村吗？"我手指着前方一块刨过土的平整的工地，转过身道。

"也是，也不是。"一起在车上的崇礼朋友回道。

"为什么这么说？"我不解。

朋友道："哦，对了，你不知道这里发生的很神奇的事情。你看到的那片不像施工工地，却像规整的田埂的地方，最开始的确是冬奥村的规划地，但刚一动工挖掘，却发现下面是皇家行宫遗址，冬奥村为此整体向旁边移了四百多米。现在你看到的这片，就是正在考古挖掘的遗址。以后，这里会是太子城遗址公园，将和整个奥运核心区并行。"

这可真是神奇。来之前我听了各种版本的驴太子的故事，没想到真能看见神话传说变成现实，已经在出土给我们看。

我兴致提起来了，问道："太子的行宫吗？那驴太子的传说是真的了？难怪这里要叫太子城村！"

朋友嘴角微微一弯，浅浅笑道："还真不是太子，是皇帝，是金章宗和他最喜

欢的宠妃李师儿夏季来崇礼避暑的行宫，泰和宫。"

感觉越听越有意思了，原来崇礼的这座小山村，不但有因驴太子的故事得名的太子城村，还名不虚传发掘出了一朝皇帝和他爱妃的行宫遗址。

车行至那片正在开发的遗址所在地，我们尽量靠近，停下车，站在路边四处打量了一下。已经能很明显地看得出地下宫殿的基本走向和格局。只见三三两两的考古工作人员在用仪器进行测量。

朋友继续讲解道："这里是 2017 年 5 月挖掘发现的。目前挖掘出来的形状呈长方形，南北 400 米，东西 350 米，总面积大约有故宫五分之一那么大。太子城遗址已经被选为'2018 年全国十大考古新发现'，属于国务院公布的第八批全国重点文物保护单位。"

我惊叹道："没想到崇礼的山里到处都是宝藏啊！"

"那金章宗和李师儿是经常来崇礼吗？为什么会在这里修行宫？这个李师儿

和北宋名伎李师师有关系吗？"

　　我的八卦好奇心顿起，一连串的问题蹦了出来。自古以来，英雄美女，皇帝爱妃，那都是可以讲出比电视剧还离奇缠绵的爱情故事的，更何况这里还有行宫的出土遗址，想一想就觉得不简单，足够浪漫。

　　崇礼的朋友乐了，他看出来我的兴趣着重点是在哪个方面了，道："我听到的说法是金章宗和李师儿应该来过这个行宫两次。至于后面两个问题，第一个说来话长，这个应该跟金朝历代皇帝的原乡情结有关吧。更何况金章宗的小名就是桦皮岭的原名麻达葛，这是有渊源的，你有兴趣可以去查查。最后一个问题嘛，我就真的回答不了了，那是后世文人墨客们想象的。"

　　"总之，在崇礼这个地方，一切都有可能。"朋友下了最后的结论。

　　我第二次很认真地关心这件事，是又回到云顶的时候。那个时候，从太子城遗址挖出来的大量文物正存放在云顶大酒店专门腾出来的一间会议室临时供大家参观，我顺理成章要去看一下的。

　　下面是我记下的官方的总结：

　　太子城遗址是第一处经考古发掘的金代行宫遗址，是近年来发掘面积最大的金代高等级城址。城址双重城垣、南北轴线、前朝后寝的布局方式对金代捺钵文化、行宫的选址与营造研究具有重要意义，城址内出土的对应城内不同等级建筑的鸱吻、特色瓷器组合以及代表金代皇家威仪的铜坐龙，为研究金代官式建筑以及金代宫廷用瓷制度、供御体系提供了重要资料。

　　说真的，我看不太懂那些黑乎乎的瓷器，但是我能明白这些文物的出土对于历史研究者的意义。尤其是这座在太子城村出土的行宫遗址，更是毫无疑问增添了崇礼的神秘和传奇。

　　再一次关注到这座遗址时，整个太子城村奥运核心区的建设已经初具规模，无论奥运村、雪如意还是高铁站，都今非昔比地在太子城村醒目地耸立着，但其中最醒目的，却是在行宫遗址地建起来的那幢红色建筑。

　　那是我隔了好几个月后再去到崇礼，从高铁站一出来，看见马

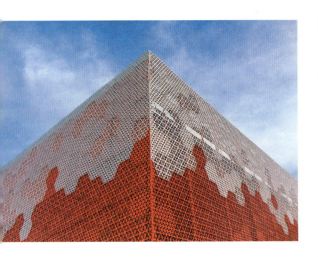

路斜对面那幢红得有点刺眼的建筑体，我愣了一下，然后才反应过来，那是新修成的太子城遗址公园。那幢建筑墙体呈红色，是那种红得鲜亮夺目的颜色，在青色的群山和极具现代感的奥运场馆平和低调的色彩映衬下非常醒目。

"为什么太子城遗址公园要用这样的红？"

"是要表示这是皇家行宫，所以要用宫墙红吗？"我喃喃自语道。

我还真没说错。第二天，我就去了这座当时还没有完全开放的遗址公园，知道了它有一个很浪漫又唯美的名字，叫"宫墙雪"。

字面意思很好理解，就是京城的红墙和崇礼的白雪、深宫的森严与野山的不羁互相映衬，在崇礼融二为一。

但，再想一想这样一段奇缘因何而来，

就会发现，所有另一个时代传承下来的那些冰凉坚硬的器物，和现今钢筋混凝土筑就的博物馆公园，它们真正承载的，或许只是一份亘古不变的浪漫与深情。

我更愿意听到和看到的，还是跟爱有关的传奇。

以下段落，源于史料，加之发挥想象，读者不必考证。

据传，金章宗出生的那一日，他的皇帝爷爷金世宗正率一众大臣在崇礼赤城沽源一带避暑。自金代女真人定都北京后，皇家每年到北方避暑有两条线路：一条，东路，自怀来赤城到沽源的金莲川；一条，西路，从现在的桦皮岭到长乐川。要么东出西返，要么西出东返，年年如此。

值得一提的是，八百多年前的桦皮岭还不叫桦皮岭，它有另一个名字，叫麻达葛。

那个时候的麻达葛地势辽阔，不仅水美草壮，鲜花遍野，而且群山入云，天蓝地绿。登高望远，马群在山坡的草地上奔驰徜徉，江山万里，尽入眼底。

这是金世宗最喜欢的地方，这番似曾相识的壮美景色，总是会让他情不自禁想起遥远的故土。所以，当他在麻达葛岭上得到宫中侍卫传报皇孙诞生的消息时，觉得足下之地是个好名头，一高兴，便给刚出生的小孙子赐名麻达葛。

这个麻达葛就是金章宗，所以他从出生就是和崇礼有关联的。

世宗驾崩后，完颜璟麻达葛就位，就是金章宗。金章宗是一位能力很强的皇帝，文韬武略胜过先祖，尤爱舞文弄墨。据史书上记载："章宗聪慧，属文为学，崇尚儒雅，故一时名士辈出。"

金章宗有诗云："五云金碧拱朝霞，楼阁峥嵘意子家。三十六宫帘尽卷，东风无处不扬花。"

这样爱好风雅、才华出众的皇帝，想来也只有宋徽宗能与之一较高下了吧。所以民间又有一传说，认为金章宗是宋徽宗转世。

当然，民间这样认为的另一个重要原因是，这两位帝君都有一位姓名相仿却出身低微的红颜知己。宋徽宗和名伎李师师的故事早已众所周知，成为民间雅谈，好巧不巧，同样爱吟诗作画的金章宗后来爱上的一位女子叫李师儿，她是汉人之女。

李师儿出身微贱，因为父亲犯罪受牵连，被没入宫监，做宫监户。李师儿相貌端正，从小就聪明好学，后来有机会入宫做了宫女。有一次金章宗偶尔来巡察，便问起教学的老师有没有学业优秀出众的女子。那个时候教学的老师和宫女间都是会隔着纱帘的，老师并不清楚学生的长相，但记得有一位宫女的声音极其清亮动人，每次回答问题也能听得出她条理清晰，学习是很刻苦的。老师依声度人，便将李师儿推荐给了金章宗。

一见之下，李师儿的落落大方和温婉美丽就打动了金章宗，顺理成章收为嫔妃，随侍左右。

李师儿不是平常的貌美女子，她的博学才华和聪明伶俐，很快和她的美貌一样，赢得了金章宗的喜爱和敬重。

北京北海公园的琼华岛是金章宗时代

营建的行宫。有一次金章宗跟李师儿在岛上赏月，俩人席地而坐，章宗皇帝就随口吟了一句上联："二人土上坐"。这句听上去很土的上联其实暗藏玄机。"坐"字不就是二人在土上吗？结果皇上话音刚落，李师儿就马上接道："孤月日边明"。金章宗一听，大喜过望，直觉满朝文武百官都不如眼前这女子聪慧可人，从此对李师儿更是宠爱得不得了了。

李师儿对的这句下联，比章宗皇帝的"二人土上坐"更精妙，既对仗工整，又恰到好处地赞美了皇上：您是天子，所以您是太阳，臣妾我不过是月亮，月亮是要借着太阳的光才能发亮的。

还有一次，金章宗对着宫里一堆从北

宋皇宫抄来的奇珍异宝犹豫不决，这些器物珍玩他很喜欢，但又怕亡国之君用的东西自己拿来赏玩使用，会被大臣们说闲话。而且先祖们都没拿出来用过，如何处置这些宝贝，自己一时半会儿也拿不定主意。

看到皇上迟疑沉吟，聪明的李师儿在旁边循循道来："陛下，古话说玩物丧志，责任在人不在物，这些东西是没有错的。若是明君圣主，就是用这些东西，国家也照样强大；若是昏君，什么也不用照样亡国。国家兴盛是跟国君主政有关，跟这些东西没有关系的。"

李师儿话语一转，接着道："陛下圣天子在朝，您就用这些也没事。这就是北宋皇帝造好了给陛下用的。"

一席话有理有据，说得金章宗满心欢喜，龙颜大悦。

李师儿的聪慧玲珑让金章宗开心不已，从此更是视她为知己，再也无暇顾及后宫其他佳丽。金章宗在继位前正妻已亡，上位后也一直没有册立皇后，就想把李师儿立为皇后，自然，这一想法遭到了群臣的强烈抗议。且不论李师儿不是女真族人，就凭她是囚犯之女的出身，怎么能成为金朝皇家的正统皇后呢？自是万万不能的。

巨大的朝臣皇族压力下，金章宗放弃了册封李师儿为皇后的打算，只立她为元妃，元妃为众嫔妃之首，而且章宗皇上此后再未册立过皇后，一生至死只爱李师儿一个人。

　　这个故事讲到这里，忽然生出一阵唏嘘感慨。帝王将相说到底也是有七情六欲的普通人而已，哪怕做到了人上人的天之圣子，有时候所要的，也不过是一位善解人意、排解他高处不胜寒的知己而已。

　　李师儿曾经很幸福，她拥有了金章宗全部的宠爱，无论章宗去哪里，都只和她出行，甚至专门为了她，以自己的名字命名，修筑度假的行宫，作为他们的爱巢。李师儿的结局又是不幸的，章宗死后，她最终被继位的君王以祸国红颜赐予白绫自尽而亡。

　　岁月悠悠，如白驹过隙，千年一瞬。当沉静了千百年的太子城村在新的时代召唤下重新面对世界，当我们一遍遍经过奥运激情下桦皮岭的山野，再次看见那片草长莺飞间蝶舞翩翩的宫墙红和崇礼雪时，突然觉得，是的，就应该有这样的"宫墙雪"，在这片土地上留存。

　　那抹艳红间留白的宫墙雪，有了这样悠长有温度的故事加持，便也一点不违和了。无论是与非，恍惚之间，绵绵深情，在大山的苍茫和现今的运动元素之间，陡然平添了几分历史回声中最柔软的情愫。

　　最后，古老的故事就用一首古诗来结尾吧——

　　　　我有所念人，隔在远远乡。
　　　　我有所感事，结在深深肠。

番外
（古）

太子城村的
N 个故事版本

关于太子三郎的

爱情故事，

就这样隐藏在

太子城村的名字中了。

You are my only Chongli

版本一

关于武则天私生子驴耳朵太子的故事，流传最多，有很多的画本和记载。

话说，当年武则天生下了一个人面驴耳的儿子，还是个私生子，宫中流言四起。为了避人耳目，武则天采纳了她信任的大臣的建议，决定把太子送到远离皇宫的深山之地，派士兵护卫周全。

这样，驴太子就被送到了山青水绿的崇礼。士兵们安营扎寨，先为驴太子修了行宫，又围绕太子的行宫建了三道兵营和太子的马场、棋室和猎场，取名为头道营、二道营、三道营、马丈子、棋盘梁和老虎沟。

这些村落的名字也就一直流传到了今天。

驴太子深知自己面相丑陋，很少出去。但他经常让会梳头的人进宫为他梳头，梳完头后，为防止自己面相畸形丑陋的消息传出，便立刻将梳头人杀死。几年下来，杀了很多梳头人。

很多人闻风而逃，但后来来了一个不怕死的，他说他愿意为太子殿下梳头。

这个人在袖子里藏了一把锋利的刀，在给太子梳头的时候，趁

太子不备，他抽出刀来，迅速而快捷地一刀割下了太子的一只驴耳朵。太子大怒，正要令侍卫将他拿下时，这个人却指着太子刚被割下的耳朵处叫道："太子息怒！太子请看！您的新耳朵长出来了！"

真的。太子惊喜地看见自己长出了正常人的耳朵来。

一个人的勇敢机智，无意间给了太子新生，也拯救了更多人的生命。

驴太子的故事就这样流传了下来。

版本二

当然是因为冬奥，因为千真万确地在原定为冬奥场馆的土地上挖出了金朝金章宗的行宫遗址。关于皇帝的传说是证实了，但太子呢，为什么这里又叫太子城村呢。官方给出的解释无懈可击："当然是因为金章宗本身就曾经是一位太子。"把皇帝传成太子，不过是民间野史而已。

我不太愿意相信这样刻板的解释，所以后来又找到了第三个版本。

版本三

沿着马丈子村往山的更深处走，很久很久以前，这两座青山间是有一条清澈的小河的。春天，山里的溪水沿河道缓缓流下，山上村里的女子便会在这河边洗衣汲水。

青山如黛，野花摇摆。

那时候，村里有一位美貌的少女叫阿菁，阿菁姑娘年幼时父母双亡，她是跟着爷爷奶奶长大的。更不幸的是，父母走后的第二年，阿菁发了一场高烧，烧了三天三夜，醒来后，爷爷奶奶发现六岁的阿菁不会说话了。她哑了。

命运给了阿菁太多不幸，所幸的是，在爷爷奶奶的疼爱呵护下，阿菁越长越漂亮，是山里远近闻名的美丽女子。她虽然不能说话，但她明亮如水的大眼睛就像会说话一般，让人看见了就移不开眼。

传说中美丽的女子总是伴随着美丽的

奇遇。阿菁十六岁那年，在山涧轻流的小溪旁，遇到了一位身负重伤从山外跌跌撞撞逃到此处的青年男子。阿菁发现他的时候，那男子已昏倒在草丛间，奄奄一息。思忖片刻，善良的阿菁把这位面相俊朗柔和的男子救了回来，用草药为他敷伤，细心照料看护。

三日后，那青年男子悠悠醒来，告诉阿菁，他是过路的商人，被山外的土匪所伤，同伴和商货都没了，他万幸逃得一条性命，拼死来到这里。

男子说他在家中排行第三，家人都唤他"三郎"，他让阿菁姑娘也这样唤他。

救命之恩，自当没齿不忘。三郎千恩万谢。阿菁不会说话，只是用温柔如水的眼睛看着他，看着这个虽然重伤，但依然眉清目秀十分俊雅的、不似她这十六年来在山里见到过的任何一个男子。

三郎的伤好得很快。其实后来他能行走的时候，阿菁找了马来，用手势问他要不要回去，或者托人给山外的家人带个平安口信，三郎却说不要。他说他喜欢这里云淡风轻的山水，正好休养，他想把伤彻底养好后再走。

这也正是阿菁心里所希望的。

特别俗套却又喜闻乐见的开始。俊男靓女，生死相救，郎情妾意，青山绿水，自然是一见钟情，一眼万年。

三郎的伤完全好了，他还是没走。阿菁陪着他，把这山里的风景都走了个遍。他们只要彼此静静地对望着，就什么话也不用说了。

三郎告诉阿菁，她是他这一生见过的最温柔美貌的女子，他要回去禀告父母大人，娶阿菁做一生一世的妻子。

三郎准备出山，阿菁送三郎到村口。

阿菁的手一直紧紧拉着三郎，三郎抹去了阿菁眼角悄悄沁出的一滴眼泪，轻声道："相信我，我一定会回来的！"

三郎走了。一年过去了，他没有回来；两年过去了，他依然没有回来；三年四年

过去了，三郎音讯全无。

村里早就开始有各种闲言碎语了：说三郎与她不过是露水情缘；说他是城里大户人家的公子，家中已有妻子；说三郎始乱终弃。

第五年，山间的溪水不再流了，北方的山水终于枯竭了。阿菁等不动了。她在那个漫天大雪的冬天，听了家中老人的劝，把自己嫁到了很远很远的远山的村里去了。阿菁嫁后，爷爷奶奶很快也病逝了。得到消息后的阿菁一口鲜血喷出，半年不到也郁郁而终。

她始终是没有等到她的三郎，等到那个她在山间溪边救起，答应了要回来娶她的俊雅的三郎。

她甚至至死都不知道，三郎是谁，他为什么不来娶她。

故事无疾而终，谜底在很多很多年后慢慢揭晓。

原来，那个当年被阿菁姑娘救起的重伤垂死的少年三郎，是当朝的三太子殿下。殿下那日兴起，微服乔装，带了几名侍卫出门狩猎。没想到，为追一头志在必得的小鹿，太子把随从侍卫们甩了很远。太子自恃武艺高强，也就没有在意越走越深，越走越远，到了一座大山里。太子孤身一人遇到了一群山匪。他奋力拼杀，直到那几个随从侍卫赶来，太子已力竭负伤。趁侍卫们为他厮杀抵挡，太子便夺路而逃。

于是就逃到了阿菁洗衣的溪水边。

后来，那几个侍卫也被山匪杀害。太子杳无音信，无迹可寻。皇家上下悲伤过后，无奈也只好认命。

再然后，失踪的太子竟然从天而降，父皇母后自然是喜极而泣。但适逢边境动乱，武艺超群的三太子殿下请缨远征。

一战三年。

的确不是谈婚论嫁的时机，更何况太子殿下也完全没有办法确定，如果他提出要娶一位深山里认识的哑女，哪怕她貌美如花，哪怕她贤良淑德，父皇母后会不会被他给气疯。

太子殿下的姻缘，可不是那个误闯山村的翩翩少年郎能自行决定的。

出了山，三郎就是一位从出生就已被制定好了所有人生轨迹的皇子，就更别说婚姻了。

阿菁终究是错付了。

但三太子殿下是真的很思念那个救他性命，不能言语，却会用明亮的眼睛唤他三郎的少女。山间的日日夜夜，有太子殿下生命里从未体验过的柔情和蜜意。

太子没有办法不做太子去做三郎。他负了约。直到按照皇室的规矩娶了名门望族的小姐为妻后，太子还是忘不了她。

所以后来，再次微服乔装的三太子殿下，一身白衣，弃了侍卫，找了个借口，独自一人策马而来。

如黛青山，摇摆野花，如旧。

但那条往日清澈而下的山间溪流，却早已干涸。

昔人不在，昔日不复。

太子寻觅良久，悲伤至极。

野花迎风飘摆

好像是在倾诉衷肠

绿草萋萋抖动

如无尽的缠绵依恋

初绿的柳枝

坠入悠悠碧水

搅乱了芳心柔情荡漾

为什么春天每年都如期而至

而我远行的丈夫

却年年不见音信

…………

关于太子三郎的爱情故事，就这样隐藏在太子城村的名字中了。

我对传说的解读

第一次听到崇礼太子城村这个名字的时候，我以为，就像是国内到处都有的各种各样关于太子的民间传说一样，有了那些亦真亦假、流传千百年的传说，也就有了以此冠名的村名地名庙名山名桥名。

岁月千年，太子很多，太子的遗址也就一定很多。

三年前那个 4 月的初春，我第一次去崇礼，驱车三百里，从北京东三环的国贸附近出发，历时四个半小时，直接就开到了太子城村的云顶。

那时候我并不知道这里叫太子城村。那时候，这片日后会让世界注目并惊艳的山村，当时还只是一个荒凉冷僻，正在全面破土动工的连雏形都看不出来是啥的大工地。

那一次去，我只看到荒凉大山里的那座漂亮的云顶大酒店，和那片能看到极美山景，还有高尔夫练习场草坪的云顶私人会所。

后来知道了，这里叫太子城村。

而在太子城村的前后，它的村庄地名是头道营、二道营、三道营和棋盘梁，很有点驻扎保卫太子的意味。

我以为不过是传说。

后来才知道了，太子城村真的曾经有一座很旧很老的太子庙。我没有看到过那座古老的太子庙，但从云顶认识的那位"追星"人李俊那海量的崇礼图片里，我看到了他拍的真实存在过的太子庙。

在那些图片里，太子庙破旧的墙体上，画着年代久远的壁画。年代久远的古迹上刻着年代久远而俊朗华贵的太子画像。那种古色的浸染，已模糊的面容上传递出来的信息，真的是能让人展开无限联想并遥想起很多神奇的故事的。

然后我就听到了另一个故事。

后来证明，所有民间的、史载的，经论证或未经考证的故事和传说，大抵都有真实的部分。

沉睡了千百年后，2018 年，冬奥场馆因为一座金代皇帝金章宗行宫泰和宫的被发现而移址四百米。这是真的历史。传说中的太子变成了一位皇帝的亲临，有了别样的注解。但我宁可相信，那些神奇的驴太子的传说，那个听来的太子将军为素女微服而来的爱情故事。

由此，我任性地用自己的方式，为太子城留下传说。

番外
（今）

他们是我心中
最英俊的
河北人

那篇报道中

平凡人的平凡故事

直击我的内心。

You are my only Chance

6 年前。

2016 年的某一天，我看到过一篇也许不太起眼的报道，但这篇报道却像拨开层层迷雾出现在我眼前的一盏明亮的灯，让我惊喜和感动的同时，也似乎让我突然间抓住了一些什么我正在丢失和寻找的东西。

那篇报道中平凡人的平凡故事直击我的内心。

我牢牢记住了那篇报道，并把它一直收藏在我的手机和电脑文档中。

6 年中，我丢失过手机，也换过电脑，但这个故事一字不落地存在我随时能看到的地方。

存在我心里，从未丢失过。

也因为这是有关两个非常普通的河北男人的平平常常的故事，

我从此认定，这样的男人才是我心中最完美、最英俊的男人。因为他们两个，我毫无理由地对河北人有了一份亲切感。

所以我用最后这篇短文，用存在我心里的这篇报道，来验证和回应前文中所有对河北还有河北人的那份突如其来，或者无从言说的喜爱。

这是我想写这本书最大的动力和最初的起因。

也是我一直希望在我的"读城记"系列中，能为这样的河北人写一本书的缘由。

也为朴实而真诚的河北。

他们是我心中最英俊的河北人。

正好是崇礼。

很幸运能是崇礼。

…………

全文摘录 2016 年 5 月 28 日人民网一文：

最近，美国有线电视新闻网 CNN 旗下的 GBS 工作室以两个中国农民为题材，制作拍摄了一部短片，在 Facebook、Youtube 等平台累计播放破百万，感动了无数人……

从 2002 年开始，每当清晨的炊烟升起，村里人都能看到一对老哥儿俩形影不离的身影。

从村子里一直到河滩这一公里的崎岖小路，失去了光明的贾海霞拽着贾文其空洞洞的衣袖慢慢走过。

短片里的主人公是两位河北老人，他们是贾海霞和贾文其。这两位老人来自石家庄井陉县冶里村，贾海霞的左眼是先天性白内障，从小失明，右眼又在打工时落下残疾。贾文其则是小时候不慎触电，失去双臂。

2001 年，两人突发奇想，决定承包村里没人要的 50 多亩荒滩来植树，村委会知道后，一分钱没要就与他们签了合同。

此后，每天早上，看不清道路的贾海霞就拽着贾文其的衣袖，到他们承包的河滩上去种树。

两位老人互相支撑扶持。

过河时，贾海霞帮贾文其卷起裤腿，贾文其就背上贾海霞蹚过去。

为了省下买树苗的钱，贾文其就把贾海霞扛在肩头上，去把大树上的小树杈砍

下来，作为树苗。

贾文其没有手，就用脚趾头把住水桶，给树苗浇水；贾海霞看不清，就用手摸索扶着小树苗。

由于缺水，第一年哥儿俩辛辛苦苦栽下 800 棵苗，只活了两棵。吃到了这个教训后，老哥儿俩找到了打水的好方法。

老哥儿俩也免不了有闹矛盾的时候，但从来不耽误种树，他们从 2002 年开始，十几年如一日，贾海霞和贾文其已经栽下十多万棵树苗。一个有手，一个有眼，你是我的眼，我是你的手。两个人就这样，在十几年时间里，把村里的 50 多亩荒滩打

造成了绿林。

有人给他们算了一笔经济账，如果把树全部卖掉，能赚上 50 万。

老哥儿俩至今拿着低保，还有残联的补贴，一年只有两千多块钱。但面对巨大的生活压力，老哥儿俩一棵树都没卖过。

两位老人说，不砍一棵树，要把它们全部留给子孙后代。

这两位几十年的好朋友结伴种树的故事就这样被 CNN 拍了出来，感动了很多人……

图绘

你是我兄弟

胜利是属于我们的。

爱和友谊，

也是我们的。

You are my only ChongJi

纯白消弭了空间的概念

世界小得像电影一方布景

我们重逢了，还是兄弟

你点点头

省略了

所有的往事

省略了寒暄和问候

阳光移向你湿润的眼眶

就让言语蒸发

Brother

You're
My Brother

一身寒气

两袖温情

在时间的山水里

孤身跋涉的人

是不与人近，还是怕离人远

篝火的温度让雪山都消融

即使这样晚，它还是发生了

上山去滑雪吧

像一只鹰那样飞翔

让风代替我的呼吸

You're
Bro

站在寂静的中心

听大雪吹过毛领

风从耳后流进椎骨

背脊抖一抖弯钩

你踩着初雪划出的一道弧线

自由是属于雪山的

是属于这片寂静的

You're
My Brother

一起来吧

用无所谓的赌注

来一场快意逍遥

在冬天

在闲下来的小镇

房屋的暗影

火苗的啸鸣

像阵阵晚祷

晨昏气温的差距

若你还是觉得冷

就将我给你写的信件丢进壁炉

万事空中雪

唯真心难灭

花应该凋谢，春天会到来

人也越来越老，这无论如何都会发生

但我想着，你可能

也在思考同样的事情

岁月给予你的所有美好

你的奋斗，你如今的成就

在这片雪白，毫不褪色

在阳光下

做个永远快乐又温柔

善良又耐心的人吧

春雪融化之前

玫瑰都在梦里

号角吹响即是狩猎开始

群星铺满整张夜空的网

照亮我们的来路和去处

在许多年的辛劳

和一段漫长的行程之后

你的头发白得像今日的雪

我们在各自的房间

想着

所有的"早知如此"和"何必当初"

其实

一次又一次

我们攀登那座山，插上旗帜，宣告

胜利

胜利是属于我们的

爱和友谊

也是我们的

You're
My Brother

后记

年少时遇见
惊艳一生的人

那些年少时代

惊艳过我的、

感动过我的、

指引过我的，

其实一直都在我的心中。

You are my only Chongli

崇礼这本书，我写了三年。

从 2018 年年底的缘起，到 2021 年年底的完稿。

三年。

如果用最熟知而流行的那句话来形容这三年，那就是，从最开始的"遇见"，到最后的落笔完成，我经历了整整三年百感交集跌宕起伏的心路历程。

从来没有一次创作，像崇礼这样让我觉得如此艰难曲折又始终不想放弃。也从来没有哪一本书，会让我愿意纵使最后没有更多的支持和帮助，我也要努力地去完成它。

人生中的有些事情，是要不计任何条件和得失都必须去做的。

在这个时刻和这个年龄，我把它视为属于我自己的一份信仰。

所以，这篇后记最开始我给自己的题目其实是"爱比爱情更重要"。但是写完全稿，我把文章题目换成了现在这个。

用以纪念我已经远去的青春，以及从来未曾远去的生命中的片刻惊艳。

然后，在书稿文字全部完成的这一个秋天，在我来来去去崇礼几十次以后的冬季奥运会集结前、崇礼下一个冬天即将来临之际，我再一次来到这片让我百感交集、日新月异的土地。

来到崇礼城区如今宽阔平坦的街道，来到太子城村此刻崭新时尚的冬奥场馆。

一切都真实得如此陌生。

于我而言，只有三年。

三年前，三年后，大不同。

但我的确也亲身经历并见证了这座山区小城不可思议的巨变，更新了我身临其境后对这整件事情的认知与解读。

关于崇礼，关于冬奥，所有的一切，我都尽可能用我可以表达的方式和角度，用我的故事写在了我的这本书里。不是全貌，但可见一斑。

这个秋天的这趟崇礼的行程，所有的路都是通的，道路平坦顺畅，早已不是在建的各种工地。疫情也平稳下来，有通行码，我们的工作和生活就能保证在安全可控的范围内。一切重新开始，一切正在过去。

一切也如当初，如2015年那个7月向世界做出的承诺，如愿以偿。

我在想，生命中的很多事情是很奇妙的。我用了三年来写崇礼这本书，在崇礼我经历了之前从未体验过的零下三十摄氏度以下的寒冷天气，我和我的摄影小伙伴们以岁月更替为主题，拍了近万张的崇礼四季风光的图片，我看见了最原始的长城，我亲历了一座小城的蜕变。

那天，我在途经张家口市的那条高速公路的秋天的景象里，还看见了正在热映的电影《长津湖》中那个经典而撼动人心的镜头：被猝然打开的列车车厢门外，出征的士兵们看见的，是祖国绵延不断的万里长城和大好河山。

那些景象，和我们存在电脑文档里的海量图片中的长城和山川完美重叠。那个瞬间，我寻找了三年之久的一扇"门"，似乎也猝然间就这样被打开了。

对有些事情的感悟，我也是像影片中的士兵一样，是猛然惊醒的。

我知道，无论经历了多少曲折，我总是给自己的坚持找到了说服我自己的力量。

山川物秀，初心未改。

初心未改，山川物秀。

如果说这本书是我写给崇礼的，那书末番外（今）就是写给我认识的河北的，而我的后记，也许，代表我藏在内心深处的一个冲动和梦想，是想献给从年轻时代到今天的自己的那份坚持，那些岁月，那些岁月中留下过印记的人，和跟这本书写作时曾经不停萦绕在我脑海中有关联的记忆。

那些人和记忆，还是和河北有关，和雪有关。

和我的青春与成长有关。

这是属于我的后记，所以我写在这里。

第一段记忆，是在 20 世纪 90 年代。

那个时候，很年轻的我，因为写了很多获奖的纪实文章，很幸运地成了一名圈内小有名气的记者。也因为频频拿奖，我才有机会每年都参加笔会，并在全国各地采风，包括出国采风。

所以我第一次去欧洲，就是去开采风笔会，和来自全国各地的十几位优秀记者一起。那次出国，一个由我们记者组成的二十多个人的旅行团，从北京起飞，落地德国法兰克福，然后上了一辆大巴车，在一位德国司机和正在巴黎进修欧洲文学史的中国留学生导游的带队下，开始了为期将近一个月的漫游大半个欧洲的长途旅行。

那是冬天。当我们的行程来到北欧的几个国家的时候，正是冰天雪地的寒冬季节。时至今日，我依然记得那一阵阵漫过车窗和眼帘的大雪，和车行进在郊外所见的远远相连的那些北欧小镇在

皑皑白雪下的美景。我从来都不隐瞒，我也曾反复不停地在我写过的文字里充分表达过一个南方长大的女子对雪的迷恋和执念。

所以那场北欧冬日里的雪，自始至终让我兴奋莫名。以至于我们整个团队在一个小镇上休整的时候，我因为看雪赏雪和贪玩雪，毫无察觉地就和一起活动的其他团员走散了。我不记得我是怎么掉队的，我只能确认的是，当我惊觉到只是我一个人的时候，我已经沿着街道上的雪路，走到了一个我完全陌生的方位。

我的外语不好，我没有带住宿酒店的任何标识，也没有手机。北欧冬日的小镇街道上，几乎无人。雪越下越大的黄昏，我开始惶恐起来，一间间紧闭的房门露出微黄灯光，我在落满雪的街道上，紧张地踟蹰前行，一路寻找还在开门经营的店铺，好让我进去问一下路，帮助我找到团队。

天完全黑下来前，我终于找到了一间很小的商店，推门进去，店主是一位当地老人，我听不懂他说话，他也完全听不懂我足够蹩脚的中文夹英语。正急得束手无措时，小小商店的角落里忽然有人转过身来。他是背对着我的，他也是这家小店里除我以外唯一的客人。因为他之前一直背对着我在挑选货架上的商品，没有动，所以当他转过身来看着我时，我怔住了。那是一张裹在厚厚冬装下的亚洲人面孔，很英俊，个子很高大，人很温和。然后，当他开口对我说话的那一瞬间，我是惊喜若狂的。

他说的是一口标准而亲切的普通话。

他问我："你也是中国人？是在找回酒店的路吗？"

焦急无措之下，听见熟悉的母语，看见同样肤色和轮廓的国人面容，我的惊喜无以言表，我只有拼命点头，恨不得冲上去抓紧这位"异乡遇故人"的帅哥的双臂不放了。

那个年代，中国人在欧洲没有现在这么多，更何况是偏远北欧的一个小镇上。我欣喜若狂。

看懂我的"惊"和"喜"，他笑了。他放下手中的东西，轻言细语告诉我不要着急，这里他很熟，他在这里工作很多年了，他可以帮我找到我要去的地方。

后面的事情就很简单了。接下来，这位在那么遥远的异乡"从天而降"的中国帅哥，一边和我聊天，一边陪我找团队。我们聊得很开心。他知道了我是怎么走丢的，也告诉我他看过我刊文的那份杂志上的很多文章，他每次回国的时候都会带很多本回来看，那些文章里的国内的故事，是他在国外工作生活这么多年中最重要的乡情和慰藉。我也说了很多，说了当一名最真实的写作者的热血和烦恼，说自己写得很累，还说了很多我采写过的纪实故事中的艰辛。

时间过得很快，他也很快帮我找到了等我等得心急如焚的团队。

和领队还有导游打完招呼后，我才忽然想起还在酒店门口等我确认情况的那位中国同胞。我寻出去，想请他进酒店来坐，他却说不了，他还要归队。我当时愣了一下，看见他正要转身离去，急忙问道："可以告诉我你是在这里做什么工作的吗？"听见我的问话，那张英俊而温和的面孔又微笑着转过来，轻轻说道："你知道大使馆安保吗？"我愣住，没有回答他，却继续问道："那你是哪里人？回到国内的时候我能联系到你吗？"

落满雪的街道上传来他渐行渐远的声音："我家在河北。那里的冬天也下这么大的雪。"

我有点点怅然若失，望着雪光映照下的前方正在远去的人影。

雪道的尽头，飘来了最后一句话："要坚持写你喜欢的那些故事，我会一直看。"

那个冬夜，那个远在北欧某个小镇上的这段经历，奇妙得就像一场梦境，从天而降又即刻消失了。

而我除了那场大雪中的夜谈，和在异乡认识的第一个河北人，终没能留下可联系到他的任何一点信息。

我甚至连那个有过奇遇的北欧小镇都忘记了是在哪里。

我能记得的，是他说喜欢看我写的故事。他的家乡是冬天也会下雪的河北。他多年远在异国工作。他的面容英俊而温和。在那个陌生而遥远的冬夜，他给迷路的我指引过方向。

我没有再见过他。

我也不知道他的名字。

但幸运的是，命运在每一个我准备放弃的关口，却都又准备了更充分的理由和契机，让我继续从事并始终在写我喜欢的故事。

我一直记得那个在异乡遇见的同胞的话，要坚持做自己喜欢的事。他说过他会一直看。

年轻时的一点点美好，是不是就是这样足够温暖影响到一个人的一生呢？！

第二段记忆，是我来北京后。

十二年前，来北京是一场偶然，而决定留在北京工作，是因为来的那年冬天，看见北京下的那场大雪。

我是一个疯狂热爱有四季轮回万物交替的南方女子。我希望看见花开雪落山川物秀的每一次生命清晰渐变的过程。

所以我选择由南至北，放弃一切已熟悉的，迁徙来到全然陌生

的北京。

机缘巧合，那时候，我在北京一所国内顶尖的大学临时工作。经历了更多的事，我写累了，也不想再做记者。想想能在学校听听课，做做教学辅助类的工作，不必再用文字去剖析人性，不必再让自己的内心承受又愈合，愈合又承受，也是好的。

可是，我还是没能逃脱命定的轨迹，来北京的第二年，我写了关于山川物秀和人在旅途的第一本书《留一半爱给博鳌》。

写完第一本书，我无奈地发现，尽管下了很大的决心，尽管那个时候的我，写作已经再次成为我生命中不能承受之重，但我似乎还是不能完全放弃写故事这样一条属于我的生命通道。

接下来该做什么，我很纠结，也很犹豫。

就这样，在高校的一堂旁听课上，因为我的那本《留一半爱给博鳌》的书，我邂逅了我的第二个相交至今的河北朋友。

十一年前的北京，还没有暖冬，下了雪后的北京城，依然如作家尹丽川说的那样，一下雪，北京就变成了北平。

那是我喜欢的。

而和我同桌坐在最后一排听企业经营者课的那位陌生的同学，整堂课下来，看的却是我放在桌旁刚印刷出来的新书《留一半爱给博鳌》。

他看入了迷，下课后，我们一直交谈，也由此因书成了知心的

朋友。

　　他是河北人，做二三线城市终端连锁超市。在拿起我的那本书前，他没有去过博鳌，但在后面我们认识的这些年里，他和他的家人去了海南和博鳌无数次，甚至在那里买了房。当然，他也去过我后来写过的每一个地方。每一个地方他都去过很多次。

　　我的这位河北朋友，是一位不爱说话的人。时至今日，相识多年，我很清楚，作为我们彼此认可的一生一世的朋友，我能给予他的，是用笔和纸，带他去我去过的地方，带他看我看见的风景。而他给予我的，是我来北京之初，在我最迷茫和艰难的时刻，毫不犹豫给予我他所能给予的支持和帮助。

　　他的决定，就是在那堂课结束后的一个小时内，在北大未名湖畔雪后校园的雪地上即刻做的。他说我的书写得好，但我沮丧地告诉他，写书是一件很艰苦的事情，我已经决定放弃这项工作。

　　"为什么要放弃？"新认识的这位朋友打断我的唉声叹气，"如果有任何问题，我可以支持你。"

我很诧异："那你需要什么回报？！"

"不需要。"他一字一句地说道，"只要你坚持继续写下去。坚持写你喜欢的故事。我会一直看。"

我怔住了。十几年前，似乎也有人对我说过相同的话。也是在我对人生的目标纠结犹豫的时刻。

原来有些事情，我以为没有回应，但命运始终是有回报的，而且是带着温度的回报。

北京十二年，因为有了这份毫不犹豫的信任和支持，我一直写到了今天。一直写到我在崇礼认识了新的河北的朋友们。

所以我将第三段记忆，也放在了这本书里。

放在了崇礼。

放在了能让我在人生又一个面临放弃的时刻，它还能让我找到信心和信仰，找到把这本书写完的所有理由和最微小的感动。

谢谢我的崇礼，和我愿意藏在心里的崇礼的那位朋友。

你和崇礼，让我再次找到了年轻时曾惊艳过我的那束光。找到了我的青春，和生命价值所在。

成书之际，我告诉自己：人的一生，总是要奋不顾身地去爱一次，哪怕前路莫测，哪怕未知结果。

成书之际，我再告诉自己：那些年少时代惊艳过我的、感动过我的、指引过我的，其实一直都在我的心中。在我生命的每个停顿和拐角处，持续不断，惊艳、感动并指引着我，从未停止。一直都在。

一直都在照亮我生命暗淡时的每一处缝隙。

图书在版编目（CIP）数据

你是我唯一的崇礼 / 曾丹著. —成都：天地出版社，
2022.1

ISBN 978-7-5455-6789-2

Ⅰ.①你… Ⅱ.①曾… Ⅲ.①散文集–中国–当代 Ⅳ.①I267

中国版本图书馆CIP数据核字（2021）第255932号

NI SHI WO WEIYI DE CHONGLI

你是我唯一的崇礼

出 品 人	杨　政
作　者	曾　丹
责任编辑	林　凡
出版助理	岳　萱
图片摄影	肖陈斌　吴　凡
装帧设计	蒋宏工作室
责任印制	王学锋

出版发行	天地出版社
	（成都市槐树街2号 邮政编码：610014）
	（北京市方庄芳群园3区3号 邮政编码：100078）
网　址	http://www.tiandiph.com
电子邮箱	tianditg@163.com
经　销	新华文轩出版传媒股份有限公司

印　刷	北京雅图新世纪印刷科技有限公司
版　次	2022年1月第1版
印　次	2022年1月第1次印刷
开　本	787mm×1092mm 1/16
印　张	17
字　数	303千字
定　价	98.00元
书　号	ISBN 978-7-5455-6789-2